Mike Scholz

Ent...!

Mike Scholz

Liebe und Behinderung?
Nein! Liebe oder
Behinderung!

Impressum

© 2019 Mike Scholz
E-Mail: amoebi@gmx.de

Coverdesign: Irene Repp
http://daylinart.webnode.com/
Bildrechte: © Oleksii Hrecheniuk - 123rf.com;
© ensup - 123rf.com

Satz: Jana Walther

Verlag & Druck: tredition GmbH, Halenreie 40-44,
22359 Hamburg

ISBN
Paperback   978-3-7482-9519-8
e–Book   978-3-7482-9521-1

Kämpfe nie um eine Frau, die bereits
verlorengegangen ist. Vor allem, wenn du
plötzlich behindert bist. Die Liebe hat
dann
keine Chance mehr.

Viele Grüße an Ines

Eine neue Chance

Die Wohnungstür knarrt, Gestank strömt ihm entgegen, Katzenfäkaliengestank, wie früher in ihrem Kinderzimmer – das Gesicht seiner Schwester schiebt sich aus dem Eingang. "Mike, du bist es?", ruft sie zudem erstaunt aus.

"Richig. Unddae mirs Buch von Dean R. Koontz, wasch dir geborgt hab, ni zurückbringn willst, mussches mir ebn selber holn."

"Ich hatte schon gehofft, du hast es vergessen", tönt sie als Entgegnung, während sie die Tür noch weiter öffnet, damit er eintreten kann.

Beim Hineingehen gewahrt er der heiligen Aura: Ihr Haar – *hahaha* –, durch eine Kaltwelle gelockt, imaginäre Krone am Top des Kopfes – *hahaha* –, sprich platte Stelle; ihm dünkt, vor ihm schreitet ein Priester einher, ein geweihter, ein gepriesener, ein angebeteter – Ambrosius von Mailand, Reinkarnation mit Geschlechtsumwandlung. – *Heiligenschein – hahaha –, wo bist du?*

In der Stube kommt er jedoch zum eigentlichen Grund seines Hier seins zurück, hebt sich das Lästern für einen unbestimmten späteren Zeitpunkt auf. Stattdessen schürzt er die Lippen, gießt ein barsches Lachen über seine Lippen: "Das kannste aer vergessn!"

"Übrigens – vor drei Wochen war ich nicht da. Rate mal, wer da hier war."

"Heinz?"

"Nö."

Plötzlich – sie fragt so komisch, sie guckt so komisch, sie tut so komisch – die Idee: "Jacqueline?"

Ihre Augen weiten sich verwundert: "Ja, richtig, die war hier. Aber da niemand da war, hat sie einen Zettel im Briefkasten hinterlassen, auf dem auch ihre Adresse und ihre Telefonnummer steht." – Jacqueline war vor seinem Unfall zwei Jahre lang seine feste Freundin gewesen, mit ihr war er sogar verlobt, wollte sie nach der Armee heiraten; sie machte aber Schluss, bevor er dort entlassen wurde. Allerdings – das redet er sich ständig ein; lasst ihn das doch ruhig weiter glauben – weil er selbst daran schuld war; er trieb sie zum Schlussmachen, erzwungen vor allem durch seine fiese Einstellung im ersten Jahr, die sich auch auf seiner Erziehung im Kindesalter, andere Menschen von vornherein zu verurteilen, begründete. Er war, obwohl schon 19 Jahre damals, einfach noch nicht reif für eine feste Beziehung, kannte Liebe, die ihm da begegnete, noch in keinster Weise, wusste mit diesem Gefühl noch nichts anzufangen. Ging auch fremd, nicht nur, weil sie 300 Kilometer voneinander entfernt wohnten.

Am Ende der Armeezeit wollte er sie dann zurückgewinnen, doch da kam der Unfall, und der machte ihm einen Strich durch die Rechnung. Denn im Rollstuhl oder an Krücken ihr vor die Augen zu treten, das kam für ihn nicht in Frage. Ergo: Er musste sein Vorhaben verschieben, immer wieder und nochmals, denn er sagte sich selbst, dass er sich erst wieder aufzurappeln habe, bis er den Startschuss zum erneuten Buhlen geben kann. Und das alles aus Liebe zu ihr, aus tiefster Liebe; nicht erst jetzt träumte er von ihr, dachte ständig an sie, ließ keiner Frau neben ihr eine Bestehchance.

Seine Regeneration ist jetzt zwar auch noch nicht befriedigend abgeschlossen, doch die lang herbeigesehnte Chance ist nun schon da, also will er sie auch nun ergreifen, bevor sie ihm wieder entwischt.

Jetzt also schon auf ins Gefecht, jetzt also schon die nach oben immer heller werdende Stange hinauf, jetzt also schon vom gräßlichen Dunkel ins lebendige Licht wechseln.

"Und, wo isser Zettel?"

"Irgendwo hier. Aber ich muss ihn erst suchen."

"Dann such ihn! Un find ihn! Sofort!"

Sie zieht ob dieser Aufforderung ein griesgrämiges Gesicht, beginnt dann aber mit ihrer Fahndung.

Nach einer Weile lässt sie hören, dass sie den Zettel nicht finde. "Ich bringe ihn dir vorbei."

"Eeeh!" Jetzt noch länger warten – niemals. Aufgeregt bis in die Haarspitzen, fühlt nervöse Schwingungen in sich aufsteigen, rasant, schwitzt fast fiebrige Dünste aus, es klebt überall – er hat Blut geleckt. Darum sie muss weitersuchen.

"Ah, da ist er!", ruft sie plötzlich triumphierend aus. Und legt ihn vor sich auf den Tisch, weit entfernt von Mike.

"Eh, was ... was solln das?" Wiederum Ohren angelegt, wiederum drohendes Funkeln in den Augen, wiederum aggressives Rumpeln in der Stimme. Sie befindet sich in Gefahr. In äußerster. Sie weiß es nur nicht.

"Ich will mir bloß mal die Adresse abschreiben."

"Das kannste machen, wennchn gelesn hab!"

"Ach je. Du musstest jetzt schon so lange auf ihn warten, da kannst du das Stückchen auch noch."

"Scheiss Weiber!"

Nach einer kleinen, ihm aber schier unendlich vorkommenden Zäsur, hat sie ihm den Zettel herübergereicht. Womit er nunmehr das langersehnte Lebenszeichen in den Händen hält, ihre Schrift erkennt und den wohlvertrauten Duft genießt, der sich in keiner Nuance geändert hat, ihn in berauschende Sphären zurückschweben lässt, welche aus längst vergangenen Zeiten

11

stammen, aus einer völlig anderen Ära seines Lebens, die er aber keinesfalls missen möchte, trotzdem er jetzt in einer anderen lebt; den Zettel könnte er in sich hineindrücken, für immer mit seinen eigenen Liebestentakeln umschließen; sein Puls rast durch seine Adern wie ein aufgepeitschter Feuersturm, sein glühender Kopf lässt die Haare aufstehen, ein dröhnendes Rattern in seinen Ohren.

Ist das mein Herzschlag?

Jetzt den Zettel lesen, jedoch, sich erst wieder in Gewalt bekommen; seine Augen … schneller als sein Verstand … sie sind es.

Lieber Mike!
Ich war zuerst auf der Herwigsdorfer Strasse, wo man mich aber zu Deiner Schwester verwies. Die aber nicht da war. Dafür solltest Du auf der Löbauer Strasse wohnen, die ich deswegen nach Dir abklapperte. – *Habe noch nie dort gewohnt!* – Da Du aber auch dort nicht zu finden warst, bin ich zurück zu Deiner Schwester und habe

ihr diesen Zettel reingeworfen in der Hoffnung, dass Du ihn bald bekommst. Schreibe mir bitte oder rufe mich an, wenn Du Lust dazu hast. Denn ich will mit Dir wieder in Verbindung treten, will auch wissen, wie es Dir geht.

Deine Jacqueline

"Samal, was wärn gewesn, wennch heut ni vorbeigekommen wär?", ist ihm noch unklar.

"Ich hätte ihn dir vorbeigebracht", antwortet sie nicht sehr überzeugend.

Ja, in fünf Jahren!, denkt er sich, halb belustigt, halb angewidert. Dann geht er.

***

Er sitzt nun in seinem Auto, rast zu seiner Sprachtherapeutin. Die jetzt zwar im Chor ist, aber ihr Mann. Der hoffentlich. Denn sofort will Mike anrufen, kann nicht bis morgen warten. Aber kein Telefon, keine Telefonkarte, kein Kleingeld. Der … der muss ihn lassen. Oder … Ein Rudel Heinzelmännchen dabei hinten an seinem Auto, schiebt Mike schneller, als es die Polizei erlaubt, zum Ziel.

***

Er darf. Und so sitzt er am Telefon, hat sich die Nummer wählen lassen, weil er zu stark zittert vor Aufregung. Zwar ist Mike durch den Unfall sowieso von Tremor gepeinigt, aber jetzt ist das Wackeln noch stärker geworden, lässt das Limit des Superlativs in Banalität abrutschen; es scheint so, als lebe ein Schwarm Hornissen hinter seinen Fingerkuppen und torpediere ein abnormes Trommelfeuer gegen die Außenwände seiner Behausung. Und hat sich soeben auf Dauerfeuer eingestellt.

"Ja?", klingt es im Telefon.

"Jacqueline?!" Wie ein völlig Betrunkener lallt Mike in den Hörer. *Klinge ich sonst auch so schlimm? Nein, so sehr nicht.*

"Hallo!", ertönt es noch mal, diesmal aber gereizt.

Nein, das kann nicht Jacqueline sein. Diese Stimme hier – hart klingt sie, so metallisch, dass selbst Diamant Probleme bekommen hätte, sie zu zerschneiden. Jacqueline ihre war wie ihre Haut – honigkuchenweich.

"Ich möch bidde Jacqueline Neubaum sprechn."

"Die ist am Apparat."

Sie ist es doch! Sollte ich mich so geirrt haben? Egal! Jetzt könnte ich in den Hörer hineinkriechen und in Großgarten wieder herauskommen. Bei ihr!

"Hieris Mike Scholz." Mehr Worte findet er nicht; er ist jetzt nicht dazu fähig, weitere dem Hörer anzuvertrauen.

"Mike? Du? Du klingst so merkwürdig!"

"Is ouch erklärbar. Vor drei Jahren hattch een schwern Verkehrsunfall. Bin aber nimmer im Rollstuhl oder annen Krückn."

"Oh Gott!" – Jetzt klingt ihre Stimme wieder so, wie er sie kennt. – "Was war denn passiert?"

Er erzählt ihr davon und auch über seine gegenwärtige Situation. Sie aber will wissen, ob er schreiben könne.

"Naja, so einigermassn. Besser schreibch allerdings mit Schreibmaschine."

"Das macht doch nichts."

"Okay. Allerdings werdch mit meier Handschrift unterschreibn. Un würd mich ni wundern, wennch das heutglei tue."

"Schön! Ich werde wohl auch heute oder morgen schreiben."

Dann verabschieden sie sich voneinander. Der Telefonbesitzer hatte aufgemurrt, Mike solle langsam Schluss machen, was sofort seine Angriffskanonen in Stellung fahren ließ; die Geschützluken ließ Mike jedoch geschlossen, obwohl er innerlich knurren musste; nur ist das nun mal nicht sein Telefon, also Fügung. Doch Mike er hätte noch stundenlang mit ihr quatschen können bei der Wohltat, ihr Dasein zu spüren, ihre Stimme zu hören, im Geiste ihre Lippen beben zu sehen.

Trotzdem: Jetzt er fühlt sich besser, viel besser, zwar immer noch aufgewühlt und mit einem unübermerkbaren Rumoren im Bauch, aber wieder ruhiger, gefasster, besonnener.

***

Im Gebirge – an einem ruhigen Platz, der schon durch seine Beschaffenheit die Ambitionen dafür besitzt, Mikes Seele zu besänftigen, und an den er in Momenten wie diesem immer fährt, um das Wirrwarr seiner Gefühle und Gedanken zu ordnen, um wieder Herr über sich selbst zu werden.

Unterwegs raste er diesmal nicht, fuhr vorsichtig, weil ihn der Gedanke beschlichen hatte, sein Körper könne noch gebraucht werden. Und während dem Fahren und jetzt an seiner Besinnungsstelle, wo er gedanklich abwesend eine Zigarette inhaliert – sein Denken kreist nur noch um Jacqueline, keine Macht der Welt kann Jacqueline aus seinem Kopf vertreiben, er weiß, seine Liebe wird niemals abebben zu Jacqueline. Jubel durchstreift ihn, Jubel darüber, dass er Jacqueline wiederbekommt

Vielleicht!

Angst, plötzlich Angst, tiefe Angst, schmerzliche Angst:

Was ist, wenn ich es nicht schaffe? Was dann?

Denn sie hat einen Freund, den, mit dem sie seit ihrer Trennung von ihm zusammen ist – *er hat sie mir ausgespannt* –; nichts ist also damit gesagt, befürwortet, hinterlegt, bewiesen, dass diese Wieder-Kontaktaufnahme sie zum zweiten Male zusammenbringt. *Oder doch?*

17

Schlachtplan. Konstruktion eines. Versuch. Er erwägt das A und das O, das B und das Z, das J und das Y. Trotzdem – nur Schemen, nichts fassbar. Wie ein Schriftsteller, der ein leeres Blatt Papier vor sich liegen hat und nicht weiß, was er darauf kritzeln soll.

Spontanität, befall mich, übermann mich, entzücke mich!

Nach einer Stunde steigt er wieder in den Wagen und fährt zurück. Es ist 21.47 Uhr.

***

Unterwegs er hält an, muss aussteigen, raucht noch eine. Gedanken an sie, immer noch, lassen ihn nicht mehr los, er denkt an nichts anderes mehr. Selbst während dem Fahren dünkt es ihm, als wolle sie einen Schleier auf seine Augen senken, auf dass er nur noch sie anschaue. Sein Magen der knurrt. Egal, es stört ihn nicht, Appetitlosigkeit hat ihn gefangengenommen.

22.14 Uhr. Wieder zu Hause.

Sofort Strich im Kalender für den heutigen Tag – macht er sonst niemals. – Dann etwas essen, wegen der biochemischen Reaktionen im Körper. Doch eine unsichtbare Hand sie verfolgt ihn überallhin, drückt ihn in Richtung Schreibmaschine, will ihn dazu zwingen, sein emotionales Fass überlaufen zu lassen.

Sie hat ihren Willen bekommen. Er hat angefangen zu schreiben, wobei die Worte wie von alleine kommen. Hier kann er sich auszutoben, sich alle Qual und jede Zerrissenheit von der Seele reden, kann sein Innerstes nach außen kehren. – Heute kommt im Fernsehen Fußball, doch jetzt egal, er verschwendet keinen Gedanken daran. – Er schreibt, wie er zerfleddert wurde nach der Trennung bis hin zur Krönung, dem Unfall; er schreibt, dass er sich wieder aufgerappelt habe, um um sie kämpfen zu können, denn er liebe sie todernst; er schreibt, dass die Trennung größtenteils seine Schuld war, weil er einfach noch nicht die Reife hatte zum lieben; und er versichert ihr, dass es eine Riesendummheit war, sie aus den Fingern rutschen zu lassen, weil er da den ersten richtigen und vielleicht seinen letzten richtigen Liebestreffer gelandet hatte. Nun lässt er sie wissen, wie sehr er sie vermisst, immer vermisst hatte und auch immer vermissen werde, wenn sie nicht vor ihm steht; und malt mit Worten ein Fast-Schon-Glorienbild, was für eine Labsal es war, ihre Stimme nach vier Jahren wieder einmal zu hören.

Zum Abschluss schwört er hoch und heilig, er sei jetzt soweit gereift, er könne sie zurücklieben, er wolle sie zurücklieben, er tue es bereits; und er werde ihr mental die Sterne vom Himmel holen.

***

0.35 Uhr ist er fertig mit seinem Brief. Es sind sechs vollgeschriebene DIN-A4-Seiten geworden. Aber er weiß, ohne erst jemanden danach fragen zu müssen, dass es noch mehr hätten sein können, würde ihm nicht der Rücken schmerzen. Körper und Geist sind keine Einheit mehr.

***

Später liegt er im Bett und kann nicht einschlafen. Auch sich in den Schlaf lesen kann er nicht, die Wörter verschwimmen vor seinen Augen, seine Gedanken schweifen immer wieder ab, lassen sich nicht festhalten, rinnen alle an einen gemeinsamen Punkt wie Wasser ins Tal:

JACQUELINE

Nicht mal einen Moment flutscht er zwischen ihren liebkosenden Fingern hindurch.

***

Drei Stunden, nachdem er ins Bett gegangen ist, schläft er endlich ein. Und es wird ein sehr unruhiger Schlaf.

Gelegenheit

Heute, 23. August. Der Tag, auf den er so lange gewartet hat: Jacqueline kommt.

Jacqueline!

Jacqueline!

Jacqueline!

Die ganze Zeit haben sie sich geschrieben – er ihr auch zwei Gedichte –, sie telefonierten viel … und am 7. August da war es dann soweit: Jacqueline hatte wieder den Singlestatus einge-nommen, der Nebenbuhler, der sie ihm ausge-spannt hatte, durfte seinen Hut nehmen. Seit-dem rechnet Mike sich sehr große Chancen aus, wieder ihre Liebe zu gewinnen. Zwar hatte sie ihm prompt mitgeteilt, dass sie nicht gedenke, sofort eine neue feste Beziehung einzugehen –

Nur die halbe Miete geschafft, Scheiße!! –, trotzdem aber ist er davon überzeugt, dass er auch den Rest schaffen wird. Denn ihm scheint es so, als wenn das Eis gebrochen wäre; den Luftzug, er kann ihn schon spüren, den das Bewegen ihrer Hände aussendet; auch das Vibrieren seiner eigenen Hände, seiner Brust, seines ganzen Körpers; ja, er spürt es bei dem Gedanken an sie.

Am Treffplatz, er, eine halbe Stunde vor den vereinbarten 18 Uhr. Vorhin wurde er hierher gefahren, obwohl er ihr eigentlich mit seinem Roadrunner – wie er sein Quad nennt – entgegenfahren wollte. Am Telefon versprach er es Jacqueline. Doch irgendjemandem gefiel das nicht so richtig, denn letzte Nacht wurden zwei seiner vier Reifen zersäbelt. *"Mistkrücke!"* Schlechtes Omen? Für das Ganze? Für alles?

Auch deshalb ist er von nervöser Spannung ergriffen. Sein Blick kreist ständig auf dem Platz herum, in jedem Auto, das gerade kommt, könnte ja Jacqueline sitzen. Doch immer wieder schaut er enttäuscht weg, wenn es nicht der Typ, nicht die Farbe ist, auf die er wartet. Denn dann schmeißt der große Losmeister das einzig folgerichtige Ergebnis aus: Niete erneut.

Und so verrinnt Minute um Minute, die Ansammlung der Augenblicke wird immer größer – die berittene Polizei kommt schon herzu, um sie auseinanderzutreiben –; sein Blick ist dazu angehalten, ständig die Uhr zu studieren.

Nach einer viertel Stunde hat er die Nase voll: *"Am Telefon sagte ich ihr, dass ich ihr entgegenkomme, was per Fahren leider nicht mehr möglich ist; doch ich kann laufen. Wieder laufen. Trotz Gehbehinderung. Und deshalb werde ich ihr entgegenschreiten. Über eines bin ich mir aber bereits jetzt im Klaren: Treffe ich sie bis Löbau nicht, steige ich dort in den Zug ein und fahre zu ihr! Denn ich lasse mich nicht gern verscheißern, will eine Entscheidung – natürlich zu meinen Gunsten – herbeiführen."*

Und so beginnt er, in die Richtung zu laufen, aus der sie kommen dürfte, und beäugt dabei die vielen Autos, die an ihm vorbeizucken.

***

Am Ende von Zittau hat er eine Pause nötig. Da aber keine Bank in Sicht ist, setzt er sich auf die Bordsteinkante. Hält aber nach wie vor Ausschau. Nur – kein Erfolg, auch jetzt lässt sie sich noch (?) nicht blicken. Dabei … schon halb sieben.

***

Ein Stückchen weiter ein Apfelbaum, vollbeladen. Er holt sich einen Apfel herunter, isst ihn. Bewegt sich unterdessen weiter.

***

Ein Hupen ertönt. Ein Vibrieren, das schon in ein stakatisches Zittern übergeht. Er schwankt. Er taumelt. Er schaut sich um.

Ein roter Opel, in dem ein paar Jugendliche sitzen, die er aber nicht kennt. Trotzdem hebt er grüßend den Arm.

Da, ein weißes Auto. Und es ist ein VW. Stehenbleiben, konzentrieren, Fahrer erkennen: Es sitzen zwei Personen darin. Natürlich wäre es immerhin möglich, dass Jacqueline einen Anhalter mitgenommen hat. Und – nein, der Fahrer ist ein Mann.

***

Anderthalb Stunden läuft er jetzt schon, das nächste Dorf ist fast erreicht. Da, wieder ein weißer VW. Die Anfangsbuchstaben des Nummernschildes … sie stimmen jedoch nicht. Er schaut trotzdem durch die Scheibe.

Au, heiß, das! Etwas, das sich anfühlte wie ein gleißender Blitzstrahl hat mich durchzuckt: Das muss sie doch sein! Oder? Ja! Ja! Ja! Gut, wir haben uns vier Jahre nicht gesehen. Aber trotzdem …

Der Wagen fährt weiter.

"Dann war sie es wohl doch nicht", muss er sich laut eingestehen. Denn verändert hat er sich kaum. Trägt jetzt zwar einen Vollbart, aber solche frappierende Unterschiede treten dabei auch nicht zu tage, denn damals schon machte er einem Kinderpopo keine Konkurrenz, Drei-Tage-Bart war da angesagt.

Hupen.

Verharrt sein Schritt, abrupt, statisch, er sich um, wendet. Sein Oberstübchen, Ahnung, instinktiv, schleicht sich hinein.

Gegenüber hat ein Wagen gehalten, der gleiche, der gerade an ihm vorbeigefahren war. Die Scheibe an der Fahrertür öffnet sich, der Fahrer sein Kopf – Jacqueline.

Obwohl sie jetzt eine Brille trägt, ist sie immer noch so schön. Doch sie blickt ernst, scheinbar abgestoßen, kann es sicherlich noch nicht fassen, dass ich das bin, muss es sich aber eingestehen, denn nichts – leider absolut nichts – lässt sich daran ändern.

Aus seinem Inneren heraus dringt ein Strahlen an die Oberfläche, verstärkt zunehmend die Intensität. Gleichzeitig ballt sich in ihm eine Spannung zusammen, erreicht unermessliche Höhen, weil Jacqueline an dem dazu gehörigen Voltmeter in Richtung Plusmaximum dreht; kurz vor der Explosion steht er, einer Explosion aus dem Glücksgefühl heraus, das ihn augenblicklich alles – allem – allen vergessen und ihn allein auf sie fixieren lässt. Alles – ja, wirklich alles –, was er sich je wünschte, scheint nun in Erfüllung zu gehen.

Er tritt auf sie zu; durch die offene Scheibe hindurch umfasst er sie sanft und schmachtend, ein langer Kuss.

Himmlisch!! Und sie hat immer noch solche man-darin-versinken-könnende weiche Lippen.

Sie gewährt ihm das Gefühl. Dann bedeutet sie ihm, ins Auto zu steigen.

***

Dort sitzend legt er automatisch seine Hand auf ihr Bein und lässt sie dort ruhig liegen.

"He Mike, nimmst du sie dort runter!?"

Oh Gott, tut das weh! Eine beißende Aufforderung, ein Peitschenhieb! Ist an mir noch alles dran?

Er gehorcht widerwillig.

***

Bei ihm zu Hause. Sie laufen an seinem Fahrrad vorbei (es hat drei Räder). Ein spöttisches Kichern dringt an sein Ohr.

Soll ich jetzt heulen oder lachen?

Befremdet, nicht nur ein bisschen. Er beschließt, es zu ignorieren.

***

Während sie hochgeht, hat er bei der Familie geklingelt, der er etwas Essbares vorbeigebracht hat und die das für ihn zubereiten wollte. Und hat erfahren, dass das Essen in einer Viertelstunde oben sei. Aber die Flasche roten süßen Sekt hält er nun in der Hand.

***

"Sind die für mich?", zeigt Jacqueline in seiner Wohnung angekommen auf den Strauss roter Rosen, der auf dem Tisch steht.

Mike nickt. – Früher hätte er gefragt, ob sie glaube, die seien für den Weihnachtsmann.

Sie geht auf ihr Bild zu, das von der Wand mit einem darüber hängendem Herz mit der Aufschrift "Ich liebe Dich" lugt.

"Unglaublich, so sah ich mal aus!", sinniert sie laut. "Ich habe mich ganz schön verändert."

"Jaha, anner rechen großn Zehe." Einer

plötzlichen Anwandlung zufolge nähert er sich ihr von hinten, umfasst zart ihre Schultern.

"Nein, jetzt nicht!" Unwillig will Jacqueline sich wieder freischütteln.

Betreten loslassen. Früher hätte er sich nicht abschütteln lassen.

Er beschließt, es zu ignorieren.

***

Dann schaffen sie ihre Sachen in das Schlafzimmer.

"Gefälldir die Bettwäsche?", fragt er sie; die Bettwäsche, die spielende weibliche und männliche Häschen zeigt, war schon auf dem Bild darauf, das er ihr schickte.

"Niedlich."

Stutzen in ihm: *Hat da Lakonie mitgeklungen?*

Er beschließt, es zu ignorieren.

***

Wieder zurück in der Stube. Der erste Teil des Essens, das Geschirr. Der Familienvater bringt es hoch.

"Kannst du mal Musik anmachen?", fragt Jacqueline, nachdem dieser wieder verschwunden ist.

Mike geht zum Plattenspieler, wo schon eine Platte aufgelegt ist, schaltet ihn an. Klassische Musik ertönt.

"Und, wie findest duse?", fragt er sie nach ein paar Takten.

"Lässt sich anhören." Ihre Antwort klingt nicht sehr begeistert.

Schon wieder diese Lakonie! Was kann ich nur tun, um endlich Atmosphäre in diese trübe Stimmung zu bringen?"

„Kennsdu sie?", fragt er sie deshalb. Früher hatte er mehr Ideen.

Jacqueline lauscht. "Die Melodie kommt mir zwar bekannt vor, aber der Name dazu fällt mir nicht ein", erklärt sie dann.

"Der Bolero voRavel."

"Ja, kann mich erinnern. Die ist auch nicht schlecht. Habe jetzt aber keine Lust darauf. Hast du was anderes da?"

"Suche dir ne Plattaus." Schon wieder sauer, verbissen, mit dem 'Bolero' wollte er eigentlich eine erotische Stimmung schaffen. Muss aber einsehen, dass zumindest jetzt nichts daraus wird.

Jacqueline wühlt im Plattenschrank. Metallica schiebt sie auf die andere Seite, Accept (seine beiden Lieblingsgruppen), Tankard, Toten Hosen ebenfalls. Bei der Westernhagen-LP schaut sie länger.

"Die habe ich auch, die hören wir dann", befindet sie. "Aber erst kommt die hier." Bob Dylan, die gehört ihm eigentlich gar nicht, hat mal ein früherer Kumpel hier liegengelassen. Als Teeny war er mal Halb-Fan von einigen Liedern gewesen, das ist aber schon Urzeiten her – er ist jetzt 24. Doch er sagt nichts dagegen, muss nur feststellen, wie weit sie sich geschmacklich voneinander entfernt haben. Vorhin im Auto hatte sie eine Kassette mit 'Ace of the Bace' laufen; bei dem Klang sträubten sich ihm die Haare. Früher, als er sie kennengelernt hatte, war sie wie er ebenfalls Heavy, doch jetzt scheint Jacqueline in die andere Richtung zu tendieren. Aber was soll's?! Bob Dylan ist ja noch genießbar. Und heute ist nicht seine Durchsetzungs-

kraft gefragt, sondern die der Überzeugung –
vermeint er.

Es klopft. Der Schwiegersohn bringt das Essen;
stellt es hin, wünscht einen guten Appetit und
geht wieder.

"Ich habe das Gefühl, die kommen alle, um
mal zu gucken, wer da gekommen ist." Jacqueline ist nach wie vor gereizt.

Mike hat noch keinen Gedanken daran verschwendet. "Du weesst doch, wiede Hausbe-
wohner sind. Man musses als gegebn betrachtn."

"Aber das Essen sieht sehr gut aus", findet
sie. Es gibt Schweinesteak mit Pommes. "Allerdings hätte ich das auch selber machen können.
Oder traust du mir das nicht zu?"

Ungläubig schüttelt er den Kopf: "Natürlich
weessich, dasses bei dir sehr gut schmeckt.
Kannste dich zumeispiel noch dran erinnern,
wiech meine Mutter auser Küche vertrieb, da-
mits Essen genießbar wurde? Aber ich wollt ebn
einfach ni, dassde heute arbeitst. Aber wennde
unedingt willst – wir könnja versuchn, das Zeug
wieder roh werdn zu lassn; dann kannste ran."

Sofort fühlt er sich unwohl, denn ein Blick auf sie sagt ihm, dass seine Bemerkung eine empfindliche Stelle von ihr getroffen hat. Aber erstens dürfte da Einlenken unmöglich sein und zweitens ist er erneut verärgert; also – er belässt es dabei.

***

Dann essen sie. Oder besser: Sie isst, er bringt es einfach nicht fertig, sie loszulassen mit den Augen. Tja, und so muss es wohl so sein, dass, als sie aufgegessen hat, ihn von seinem Teller aus noch immer die Hälfte angrinst.

"Du darfst nicht soviel quatschen und auf mich gucken, wenn du isst!", macht sie ihm klar.

"Ich kann goarnischt dafür, dassch dich ständig anschau! Du machst een so fessenden Eindruck off mich, ich mussdich ganz einfach beguckn!"

Die Mundwinkel trotzig verziehend schnappt sie sich das Plattencover und studiert es.

***

Nachdem er fertig geworden ist – nach einer sehr langen Zeit, die letzten Bissen hatten sich schon der Zimmertemperatur angepasst – und eine geraucht hat, fragt er sie, ob sie mit ihm tanzt. (Mittlerweile liegt Westernhagen auf, dessen Musik er mag.)

"Jetzt??"

"Ja, jetzun hier."

"Ich denke, wir gehen morgen tanzen."

"Hmm, natürlich. Nur – meie letzte Tanzelegenheit liet schon n Stückel zurück. Deshalb mussch mich erstmal wieder dran gewöhn."

"Ich habe jetzt aber keine Lust."

"Scheiße!" Wieder hinsetzen.

Wozu hat sie überhaupt Lust??

Er beschließt, es zu ignorieren.

Plötzlich schneidet sie das Thema Sein-Unfall an. Darüber zu sprechen widerstrebt ihm eigentlich nicht, aber jetzt ... Heute Abend, am ganzen Wochenende und darüber hinaus über Massakrierungen des Schicksals schwafeln – nein. Amüsieren will er sich mit ihr, amüsieren, ja, und was anderes nicht. Jacqueline aber sie will wissen, ob er ein apallisches Syndrom gehabt habe.

"Jaaa." Er misstrauisch, lauernd, denn es klang wie ein Todesurteil. "Das ist aber weg."

"Und was ist mit deinem Tremor?"

Seifiges Glatteis, da kann er nicht sagen, er habe es eliminiert.

Scheinbar paradox, diese Wackelkrankheit: Umso mehr ich die Lähmung wegkicke, umso akuter der Tremor. "Der is leider ni verschwundn, aberich hab – oder besser – ich musses lernen, damit umzugehn."

"Und, wird das noch mal besser? Was sagen die Ärzte dazu?"

Er kommt sich vor wie im Kreuzverhör bei einer Prüfung, wo ihm das Thema nicht behagt; doch er musste es einkalkulieren; darum Augen zu und durch.

"Die Ärzte geben überhaupt keene Prognose mehrab. Sie ham sich schon mal gründlich verschätzt, alsse meenten, dasses Leben im Rollstuhl meie Zukunft bedeutet. Zum noch mehr Staunen kamn se dann, alsch anfing, mich vonnen Krückn zu lösn. Seitdem behaltn die ihre Dogmen für sich. Ihn is nämlich klargewordn, dass ich ni zun Normalfällen gehör."

"Hm", antwortet Jacqueline. "Ich hätte sowieso nie Zweifel daran gehabt, dass du wieder hochkommst. So wie du kämpfst, gehst du doch über Leichen."

Schluck! Blöd, blöder, Blödsinn! Sie als Krankenschwester ... gerade sie müsste es doch eigentlich besser wissen. So ein Schwachsinn: "... gehst über Leichen." Habe jetzt aber keine Lust, mit ihr darüber zu disputieren.

Stattdessen zeigt er ihr auf, was alles hätte passieren können, wo es ihm unmöglich gewesen wäre, sich noch herauszuwinden.

***

Nach einer Weile Smalltalk und dem fleißigen Herumwurschteln wie die Katze um den heißen Brei beschließt er, einen erneuten Angriff zu starten; er versucht nun, über die einschlummernde Seite an sie heranzukommen. Er vermeint zu wissen, dass sie das Romantische liebt – *Wirklich? Vorhin beim Essen hat sie den Kerzenschein abgelehnt!* –, schlägt darum vor, an seine Besinnungsstelle ins Gebirge zu fahren. "Dort könnmer ouch die Sterne beobachtn."

"Heute wohl kaum, der Himmel ist dicht."
Aber sie stimmt seinem Vorschlag zu.

***

Im Schlafzimmer, wo sie sich umziehen wollen,
zeigt er ihr seinen Kleiderschrank und bedeutet,
dass sie aussuchen solle, was er anzieht.

Sie holt den Rot-Weiß-Gestreiften Pullover
heraus. "Du weißt ja, ich mag am liebsten ge-
streift." Dann schaut sie weiter nach.

"Deine Pullover sehen ja gut aus!", ruft sie
auf einmal ganz erstaunt aus.

Er fängt an zu grinsen. "Was hast denn du
erwartet?"

Sie bleibt ihm die Antwort schuldig.

Früher hätte er sofort nachgehakt, jetzt aber
verzichtet er darauf.

Stattdessen geht er zum Kleiderschrank:
"Du, Jacqueline, ichmuss dirwas zeign.", und
holt eine Hose heraus. "Wie gefälltn die dir?"

Jacqueline schaut sie verblüfft an: "Was soll'n
das sein?" Heruntergezogene Mundwinkel.

"Eine Jeansstretchhose mit Leopardenoff-
druck, meie Liebingshose." *"Setz dir deine Brille*

wieder auf, damit du sie erkennst", hätte er beinahe noch dazu gesagt, kann es aber gerade noch so unterdrücken. Früher hätte er.

"Nee, die gefällt mir absolut nicht!", urteilt sie.

Tja, um so eine Hose anzuziehen, muss man schon ein bisschen den Hang zum Abnormen haben. Den sie aber nicht mehr zu besitzen scheint. Sicher, ganz sicher. Sie geht gekleidet wie eine Geschäftsfrau, nüchtern, sachlich; ist eben erwachsen, vielleicht sogar alt geworden. Nicht, dass das schlecht aussähe, es steht ihr außerordentlich gut; aber wäre da nicht ihr Gesicht und wäre da nicht ihre Figur – wobei vor allem ihre Beine Blicke auf sich ziehend wirken , sie sähe langweilig aus, gleich dem sumpfigen Boden des Alltags. Er dafür entfleucht gern der Tristheit des Dahindämmern in einer Horde grauer Ratten. Und deswegen er besitzt auch solch eine Hose, zieht sie auch oft an.

"Mike, ich will mich umziehen. Kannst du mal in die Stube gehen?", fragt sie ihn plötzlich.

Boing! *Unsicherheit ... weiche! S...s...soll ich meinen Ohren trauen? Soll ich meinen Augen*

trauen? Nur ... sie lügen ... bestimmt nicht.
Jacqueline ... Jacqueline steht dort an der Schlaf-
zimmertür, hält ... diese auf und ... und ... schaut
mich auffordernd an.

Schweiß, kalter Schweiß, die Eiszapfen ren-
nen davon, die Luft im Zimmer ... sie wird weni-
ger, immer mehr, die Luft in meiner Kehle ... sie
wird knapp, Luft-schnapp, eine scharfe Kralle ...
ich spüre sie an meinem Hals, sie droht, mich zu
ersticken, schleichend: Zwei Jahre lang haben
wir miteinander geschlafen, und da haben wir
uns keinen Kopf darum gemacht, wer nackt
herumrennt und wer nicht. Deswegen – sie will
es wirklich einführen!

Durchdringend er schaut sie an, Lächeln aus
seinem Gesicht ist jedes verschwunden.

"Du brauchst mich deswegen nicht so an-
schauen!"

Mike nicht inne hält er damit, sein Kopf er
bewegt sich langsam hinundher.

Lächeln jedes auch aus ihrem Gesicht verschwunden.

Er geht los, langsam, in ihre Richtung,
schneller werdend, langsam.

Sie weicht zurück, erfüllt von ...

Angst?

Weiter, in die Stube. Dabei er beobachtet aus den Augenwinkeln, wie ihr Gesicht von erschrecktem Zustand zu erleichtertem wechselt. Schnell wendet er sich völlig ab, damit sie nicht das Grinsen sieht, das über sein Gesicht huscht, sogleich aber wieder verschwindet.

Dafür er setzt sich auf den Couch und zündet sich eine Zigarette an: Grausen! Grausen! Grausen! Erkennen, er noch viele, viele Meilen entfernt vom Erfolg. Und vielleicht – *Wirklich nur vielleicht?* – wird er es überhaupt nicht schaffen. Er glaubt, der heutige Gebirgsausflug ist seine letzte Chance, höchstwahrscheinlich. Seine Einzige also. Aber ... ist das überhaupt noch die Jacqueline, die er vor vier Jahren liebte? Und immer noch liebt? Und immer lieben wird? Und nie vergessen wird? Nicht nur, dass sie sich die Haare von den Beinen und von den Brustknospen entfernt hat, auch in ihrer Art ... sie ist anders geworden, jemand anderes, eine Andere – so sachlich, formell, nüchtern, eben erwachsen, ganz wie ihre Kleidung.

Igitt! Ist man als Erwachsener so grauenvoll grässlich?

Das sich aber transparent zu machen kann er nicht, nicht so genau – oder aber er will es nicht; hofft dafür, dass er damit klar kommen wird. Auch ... sie schwimmen nicht mehr auf einer Wellenlänge. Er aber beschloss schon längst, das zu ignorieren. Wie auch alles andere. Will es einfach nicht wahrhaben, schiebt es vielmehr auf die Tatsache, dass sie sich sehr lange nicht mehr gesehen haben und sich deshalb erst wieder aufeinander einstellen müssen. Dazu jedoch nur dieses eine Wochenende ist noch Zeit; und diese Zeit ... er muss und will sie nutzen.

***

Beide laufen die Treppe hinunter. Plötzlich: "Tust du das immer?", fragt Jacqueline ihn überrascht, als sie bemerkt, dass Mike sich ohne Festhalten hinunterbewegt.

"Seit einiger Zeit", verkündet er stolz.

Jacqueline schüttelt den Kopf und läuft weiter.

***

Im Gebirge. Sie liegen auf einer Anhöhe im Gras, jeder für sich – noch? Beim Hinaufsteigen hatte Jacqueline Mike ihre Hand angeboten. Die er ergriff, Jacqueline aber sogleich fragte, ob dieses Handreichen im mentalen Sinne geschehe. Sie wusste nicht, was er damit meinte. Deshalb erzählte er ihr, dass es noch die physische Möglichkeit gäbe, denn die Anhöhe ist steil. Doch sie ließ ihn im Unklaren darüber. Und entzog ihm ihre Hand wieder, als sie mitbekam, dass Mike keine Probleme hatte mit dem Aufstieg.

Mike wird immer trauriger. Die enttäuschenden Erfahrungen – der Haufen er wächst. Ihm will nicht das Richtige einfallen, um sie auf seine Seite ziehen zu können. "Was habe ich damals nur gemacht?", fragt er sich. Weiß es, aber ... das zu tun, er getraut es sich nicht. Denn damals nahm er sie im Sturm, überfiel sie fast, setzte seinen Kopf – seinen Schwanz – auf Biegen und Brechen durch. Nur – damals – er war ihr Erster, und – damals – er war kein Krüppel.

Jetzt sie sind sich so nahe – berühren sich schon im Liegen – und doch sind sie meilenweit entfernt voneinander. Sie, die beiden. Er kann ihren Duft riechen, den berauschenden, ist fast geblendet von ihrer Schönheit, der grenzenlosen, spürt ihre Haut, die immer noch so unendlich zarte, und doch ... es ist, als schwebe eine unsichtbare und undurchdringliche Wand zwischen ihnen – eine neue Form der spanischen Wand.

Doch er startet noch einen Versuch, will es nicht einsehen, dass er bereits verloren hat. Sie liegt jetzt auf dem Rücken und starrt den Himmel an, den wolkenbehangenen, ganz und gar. Mike er lehnt sich auf seinen linken Arm und fängt an, Wange, Hals und Schultern zu streicheln bei ihr. Damals – ja, damals – hat das sie sehr erregt und er bezweifelt, dass sich dies geändert hat.

Nach einer Weile Bestätigung: Sie beginnt, lustvoll zu keuchen. Und er weiß – *damals war es so* –, es ist nur noch ein kleiner Schritt bis zum Stöhnen.

Ja, er weiß es. Doch andere Stellen von ihr einzubeziehen ... nein, er getraut es sich nicht. Zu deutlich steht ihm noch der Rausschmiss aus dem Schlafzimmer, als sie sich umziehen wollte, vor den Augen. Vorhin. Und er hat Angst ... Angst vor einem neuen Desaster. Wenn sie ihm wenigstens einen Kuss ... einen belebenden Kuss geben würde, dann ... würde er es darauf ankommen lassen. Aber sie hat es vorhin im Haus nicht getan, als er sie darum bat, und tut es auch jetzt nicht. Früher, früher vor seinem Unfall, hätte Mike es einfach getan, solche Wanderaktionen, ohne Rücksicht auf Verluste; aber jetzt ... nein, es geht nicht mehr. Ihm fehlt das Timing, er ist nicht mehr in Übung, die lange Entwöhnungszeit. Sein Instinkt sagt ihm nicht mehr: "Jetzt bring sie zum Stöhnen!" Sein Instinkt sagt ihm nicht mehr: "Jetzt wird sie sich dir öffnen." Sein Instinkt, sein Frauenaufreiss-Instinkt, sein Liebesinstinkt, hat sich eingemottet, hält einen Dornröschenschlaf, als wenn er hinter 100 Meter dicken Mauern eingekerkert wäre. Und der Verstand ist dafür nicht zuständig.

Nach einer Weile hört sie zu keuchen auf; und es wundert ihn nicht. Sie setzt sich auf, zündet sich eine Zigarette an. Ja, der Zauber des Augenblickes er ist verflogen, die Chance, die ihre kleinen Schwingen über ihm ausgebreitet hatte und wegen der ein Hauch von Glücksgefühl in ihm schwelgte, sie hat sich wieder verdrückt. Aber trotzdem er fragt sich, ob er nicht doch ein Loch in die unsichtbare Wand geschlagen hat.

***

Wieder zurück zum Auto. Jacqueline hat Mike beim Aufstehen geholfen, dann wieder losgelassen, rennt allein die Anhöhe hinunter.

Rennt sie vor mir davon?

Ihm scheint es so und darum er versucht, ihr zu folgen, so schnell wie möglich. Doch ... nirgendwie möglich: Erstens war sie mal 100-Meter-Sprinterin, und zweitens er kann keinen Spike hinlegen, denn sonst wäre Kopfsprung angesagt und der Flug könnte lange dauern und schmerzhaft enden. Sein Körper warnt ihn auch davor: Nach einem Versuch strauchelt er, kann sich aber mit den Händen auf dem Erdboden noch abfangen. Kommt aber nicht umhin, schnell zu schauen, ob Jacqueline etwas bemerkt hat. Jedoch das Gegenteil ist der Fall; er ist beruhigt.

"Ein Anzeichen von Schwäche", sagt er sich selbst, "und alles wäre erledigt."

Woher er dies weiß, bleibt ein Rätsel, dem er sich nicht stellt. Trotzdem er ist felsenfest davon überzeugt. Er glaubt, er müsse ihr beweisen, dass er in der Lage ist, sie zu halten, sie zu beschützen, ihr auf dem Weg zu folgen, den sie beschreiten möchte und irgendwann vorauszueilen und ihr den Weg zu bahnen.

Die Straße. Er tritt auf sie. Im gleichen Moment startet Jacqueline das Auto. Ungefähr dreißig Meter entfernt von ihm. Und ruckt an. Legt den ersten Meter zurück. Den zweiten. Kommt immer näher. Genau auf ihn zu. Mike bleibt stehen. Der Abstand zwischen ihnen hat sich halbiert. Wird sie ihn umfahren? Es ist ihm egal.

Sie stoppt. Einen halben Meter vor ihm. Er geht zur Beifahrertür und steigt ein.

"Hast du gedacht, ich fahre dich über'n Haufen?", will sie wissen.

Lächeln. Müde: "Absolut ni."

Jacqueline fährt los.

***

Sie haben das Auto in einer Nebenstrasse von ihm geparkt. Als der Wagen stillsteht, rückt er auf sie zu und bittet um einen Kuss.

"Den kriegst du, wenn mir danach ist! Jetzt hau ab!"

Steif! Alles in ihm. Sofort! Kinn in die Höh, Lippen aufeinander, fest, bis sie nur noch als Strich erkennbar sind, Augen – Dschingis-Khan sieht die Übermacht des chinesischen Heeres; trotz überwann und überall. Entschluss. In ihm.

Er steigt aus. Nimmt die Gruppe Jugendlicher wahr, die mit fragenden Blicken zu ihm herüberschaut.

Vielleicht fragen sie sich, wie ein Krüppel mit so einer schönen Frau zusammen sein kann.

Aber egal. Er läuft los. In die entgegengesetzte Richtung seines Hauses. Schlendert. Hofft insgeheim, dass Jacqueline ihn zurückholt. Und lässt den Kopf hängen, denn er sieht sich lodern in den Flammen der Schuld, der Sühne; und er sieht sich schreien, angstvoll, schmerzerfüllt, lautlos.

***

Nach einer Weile – er weiß nicht, wie lange er unterwegs war, er schaute nicht auf die Uhr – gelangt er wieder zu seinem Haus.

Jacqueline. Sie wartet schon – *lange? Bestimmt.* – Er geht zu ihr hin, gibt ihr die Wohnungsschlüssel. "Viel Spaß damit. Ich geh."

Sie tut verdutzt: "Was soll das?"

"Du hastoch gsagt, ich sollabhaun. Un genau das werdich nun tun."

"Das hab ich doch nicht ernst gemeint!", herrscht sie ihn vorwurfsvoll an. "Du solltest doch nur aus dem Auto aussteigen. Wenn du noch mehr solcher Macken zeigst, verschwinde ich auf der Stelle!"

Diese Konsequenz, ja genau diese, müsste ich jetzt durchziehen, wenn ich nicht als umstossbar gelten will. Wenn sie jetzt aber fortführe, –

Hiiiiiiilfeeeeeeeeeeeee! –

das wäre die schlimmste Pein für mich, für mein Innenleben, würde mich endgültig auf die Folterbank strecken, mich hinab in die tiefsten Schlünde der Hölle schmeißen, wo ich für immer geröstet werden würde.

49

Neeeeeeeeeeeeeeeeeiiiiiiiiiiiiiiiiinn!

Er gibt nach; schwört sich aber innerlich, damit irgendwann aufzuhören. Irgendwann – bald?

***

Mike, sag mal", fragt Jacqueline, als sie wieder in der Wohnung sind, "wie kann das sein: Früher bin ich dir nachgelaufen ..."

"... und jetzt louf ich dir nach!", vollendet er den Satz.

"Ja, genauso ist es. Aber wie kann das plötzlich so kommen?"

"Naja, am Anfang has du mich geliebt, jetz ich dich. Ich hab sehr schnell – nach unser Trennung – gemerkt, wassich eigentlich verlorn hab. Folglich habich – was zwar unfair war, sich aber ni ändern ließ – jees Mädchen, das ich kennenlernte, mit dir verglichn. Un keene kam dabei gut weg!"

Sie lacht – *bitter?* "Oh, welche Ehre für mich. Aber das, was du mir damals angetan hast, um meine Liebe zu dir zu untergraben, ist nicht so leicht zu verdauen. Ich brauche Zeit dazu!"

"Und, wie is die Tendenz?"

"Ich weiß es nicht."

"Sammal, kennste die Fabel vom Reiher unner Reiherin?"

Jacqueline verneint.

"Ein Reiherehepaar stritt sich übelst. Jeder wollte recht ham, keiner gab nach. Schließlich trennten siesich. Aber dann kamer Reiherin die Reue. Sie gerittin Zweifel, obse eientlich recht gehabt hatte. Und so gingse zum Reiher, lenkte ein, versuchte, ihn wiederzubekommn. Der Reiher aber blieb bei seim 'Nein'. Daroffhin zog sie tieftraurig ungekränkt wieder ab. Doch jetzt kamem Reiher die Einsicht. Folglich wanderte er zu ihr und versuchte, sie umzustimmen. Aber nun zeigte *sie* sich vonner sturen, unnachgiebigen Seite; er mussts Terrain wieder verlassn. Plötzlich wurd *ihr* wieder klar, wasse eientlich vollbracht hatte. Und sie lief wieder zu *ihm*, doch ohne Erfolg. Un so weiter und so fort. Un wenn sie ni gestorben sind, wandern undickschen sie noch heute."

"Und du meinst, bei uns könnte das genauso sein?"

"Yo, gloubich. Zumindest sieht es jetzt soaus. Allerdings würd beiuns een schnelles Ende kommn. Dennich lieb dich zu sehr, ummich dir gegenüber vonner sturn Seite zu zeign."

"Hmm." Jacqueline hat geantwortet.

***

Ein Video, eine Komödie mit erotischem Touch, sie schauen sie sich an: Anfangs vier Jungs bepinkeln unter Kriegsgeschrei eine in der Pissrinne liegende Kippe. Mike ist belustigt; Jacqueline auch, allerdings mit der Bemerkung: "Typisch Männer!"

Zweifelnd guck: *Reichlich feministisch, die Kleine.* Früher hätte er etwas dagegen gesagt; denn dass Frauen auch Blödsinn machen, ist unbestritten. Doch ... er beschließt, es zu ignorieren. Wieder zu ignorieren. Wiedermal.

***

Nach einer Weile fragt ihn Jacqueline, ob der Couch, auf dem sie jetzt sitzt, ihr heutiger Schlafplatz ist.

Erneut dieses bedrückende Gefühl. "Wenn du nur zwee Meter weiter liegst, kannichni schloafn", murmelt er hörbar flehentlich – schüchtern, mit gesenktem Blick, wie ein Sektendiener zum Guru.

Jacqueline zieht wieder einen Flunsch. "Na was'n nu?"

"Wo schläfstn lieber: im Bette oer hier?" Er weiß, wenn er allein im Bett läge, würde er es nicht lange aushalten, käme bald zu ihr herüber.

"Im Bett natürlich. Aber ... "

"Dann schläfste ouchim Bette!", ausnahmsweise mal kategorisch. Aber: "Und ich mit", verbleibt hinter seinen Lippen.

Daraufhin verschwindet Jacqueline im Schlafzimmer, teilt Mike jedoch vorher noch mit, dass sie sich nur umziehen gehe.

***

Nach einiger Zeit sie kommt wieder – im Nachthemd. Setzt sich an den Tisch und fängt an, sich abzuschminken. Mike weiß zwar, dass Frauen es allgemein nicht mögen, wenn man ihnen dabei zuschaut – Jacqueline zählte früher auch dazu –, aber irgend warum kann er es nicht lassen zu frotzeln, es hat sich schon bei ihm eingeschweißt. So auch jetzt, obwohl ... Kein Obwohl!

Jacqueline sie bemerkt dies. Da es ihr aber egal ist – wie sie ihm mitteilt – bleibt sie ruhig. Und er … er muss wieder einmal registrieren: *Andere Zeiten – andere Sitten.*

***

Danach sie setzt sich in den Sessel und fängt an zu dösen. Mike er registriert dies und macht sich wieder her über ihre Haut. Nur –

Was soll das?

Trotzdem: Anfangs zeigt sie sich willig – augenblicklich flattert ihm das Bild vor, wie er sie mal vernascht hatte, als sie schlief –, dann aber sein Tremor macht ihm einen Strich durch die Rechnung.

Fluchen, innerlich. Zwar ihm ist klar, dass er zu weit weg sitzt von ihr, er das also ändern *muss*, ansonsten wird e*s nie* klappen, aber …

Weiter ran, Fernseher aus – auf den hat er schon lange nicht mehr geschaut – neuer Versuch. *Wird es nun klappen?*

Doch der Zauber des Augenblickes ist vorbei, auch diesmal. Jacqueline beendet abrupt ihren Traum, findet in die Realität zurück, verschwindet ins Schlafzimmer.

"Ich brauche aber viel Platz!", macht sie Mike deutlich, der ihr gefolgt ist wie ein Sklave dem Halter.

"Das werdmer schon hinkriegn!" – Sein Bett ist sehr schmal.

***

Jacqueline sie legt sich ins Bett, mit dem Gesicht zur Wand. Mike er im Pyjama daneben. Jetzt hat er das, was er wollte. *Hat er es wirklich?*

Sie nicht allzu viel Platz lässt sie ihm, er seine Hände er weiß gar nicht, wohin mit ihnen. Also: Auf die Hüfte von ihr, streicheln rein automatisch.

Nach einer Weile sie murrt auf: "Och, das ist so beschissen dunkel hier! Mach doch mal die Gardinen auf!"

Mike erhebt sich, öffnet die Gardinen; affig wenngleich, denn auch draußen ist es dunkel.

Als er sich wieder zurück ins Bett legt, rückt sie nur unwillig zur Seite. Dann sie murrt erneut: "Das finde ich absolut beschissen von dir, dass du mich wieder aufgeweckt hast! Ich habe letzte Nacht, welche für mich um vier aufhörte, nur zwei Stunden geschlafen. Und jetzt kann ich wieder nicht schlafen! Scheiße, Scheiße, Scheiße!"

Mike schweigt bedrückt. Wohlfühlen neben ihr – keineswegs. Er ist ihr Blitzableiter ... ja, Blitzableiter für Dinge, für die er nichts kann, und an den Haaren herbeigezogen scheinen sie auch noch. Aber das Wichtigste: Bevormundung. Er fühlt sich gedemütigt, unter den Teppich getreten – von ihr, mit der er eigentlich glücklich sein wollte. Und außerdem ... doch, verantwortlich dafür ist er selber. – *Warum? He, lass deine Finger von ihr!* – Aber auch jetzt nicht ... er unternimmt nichts, er wagt es nicht, er kann es nicht, um aus diesem Underdogkäfig auszubrechen.

Hat er beschlossen, es immer noch zu ignorieren?

"Hach, das ist zum Kotzen!", nörgelt Jacqueline weiter. "Vielen Dank dafür, dass du mich geweckt hast! Und hier im Bett ist es eindeutig zu eng! Wenn zwei sich spüren wollen, kann es nicht eng genug sein. Dies ist bei uns aber nicht der Fall! Ich gehe rüber!"

Bruch! *Das war's! Zeitpunkt? Ja, Zeitpunkt. Denn nur eine Entscheidung ist hier passend, es gibt keine Alternative.*

56

"Bleiliegen. Ich geh."

Nachdem er das Bett verlassen hat, registriert er, wie Jacqueline sich im Bett breit macht und "Endlich!" sagt. Aber seine Laune der Tiefpunkt ist schon erreicht, noch mehr sinken kann sie nicht. Er ist wütend auf Jacqueline, wütend auf die, die ihn demoliert hat, wütend auf alles Mögliche; aber auch auf sich selbst. Denn so – niemals, so kann es nicht weitergehen. Eigentlich er selbst hat sich heute in den Dreck getreten, sich seinen Behauptungswillen – der normalerweise sehr stark ausgeprägt ist – entreißen lassen, ohne eine Gegenwehr zu bieten. Und er weiß, noch lange dieses Spiel, in den Spiegel sehen kann er dann nicht mehr.

Also Abkehr davon, bevor es zu spät ist!

***

Auf der Couch liegend hatte er versucht, sich in den Schlaf zu lesen. Seine Augen die wurden auch müde, weswegen er die Zeitung wieder weglegte; aber jetzt – nein, er kann sich drehen und wenden, wie er will, Asyl bei Morpheus Fehlanzeige. Zu beschäftigend für ihn die Tatsache, dass Jacqueline nur einen, höchstens zwei Meter von ihm entfernt liegt.

Es piept: Zwei Uhr. Seit circa einer dreiviertel Stunde liegt er hier wach.

Plötzlich geht die Schlafzimmertür auf und Jacqueline kommt herüber.

Hoffnung in Sicht? Ist sie einsichtig geworden?

Sie geht aber gleich weiter auf die Toilette.

Tja, mein lieber Mike! Da wird heut nix draus, mit Jacqueline zu schlafen!

Als sie zurückkommt, bleibt sie an seinem Fußende stehen.

"Schläfst du schon?", will sie wissen.

"Kanni einschloafn." Ärger und Trotz schwingt in seiner Stimme mit.

"Ich auch nicht! Wegen dir!" Sie geht wieder zurück, die Tür sie lässt diese einen Spalt offen.

Wink mit dem Zaunspfahl? Er fragt sich, ob er ihr folgen soll. Wägt ab: *Wenn ich nicht hinübergehe, könnte ich eine Chance verpassen. Andererseits – wenn ich ihr folge, hätte es den Anschein, als wenn ein Dackel seiner Herrin hinterher trabt. Und die Erniedrigungsmöglichkeiten habe ich schon bis an die Schmerzgrenze ausgeschlemmt! Was tun??*

Er entscheidet sich für die erste Variante, beschließt, es zu ignorieren. Und versucht wieder, sich in den Schlaf zu lesen.

Doch nach ein paar Versuchen hat er die Nase voll. Seine Augen keine Lust haben sie, die Kombination der Buchstaben zu ergründen, einschlafen er kann es aber auch nicht. Er schaut auf die Uhr. Kurz vor drei. Ihm kommt die Idee, mit seinem eigentlich stillgelegten Auto noch einmal ins Gebirge zu düsen. Er steht wieder auf.

**

Im Gebirge – an dem ruhigen Platz, der schon durch seine Beschaffenheit die Ambitionen dafür besitzt, Mikes Seele zu besänftigen, und an den er in Momenten wie diesem immer fährt, um das Wirrwarr seiner Gefühle und Gedanken zu ordnen, um wieder Herr über sich selbst zu werden.

Er ist aus seinem Auto gestiegen und lässt die Sommernacht ihm den Kopf freiwehen. Hofft er. Er grübelt nach, was er falsch gemacht hat: Vor allem – musste er sich wirklich so erniedrigen lassen?

Hängt das vielleicht mit meinem Krüppeldasein zusammen? Dass man da froh ist, wenn man von der Frau Liebe entgegengebracht bekommt, die einem auch als Nichtbehinderten gefällt? Denn vor meinem Unfall war es doch nicht so. Da habe ich das viel lockerer gesehen. Klar, hatte ja auch genug Möglichkeiten. Aber wenn das mit dem Krüppeldasein stimmt – abtreten von der Bühne! Denn ich kann mich nicht damit anfreunden, die Ärsche anderer abzulecken, ständig! Ich muss den Kopf wieder hochkriegen, weit nach oben, muss mich aus der Illusionswelt lösen!

Er steigt wieder ein, fährt weiter. Rast jedoch nicht mehr so wie vorhin, weil er einen leuchtende Schimmer am Horizont erblickt hat; er weiß nun, er muss sich seinem Charakter annähern, dem von früher, wieder. Und dazu er muß sich auch, die Zwangslast, Jacqueline wiederzubekommen, von seinen Schultern reißen, wieder. Auch hofft er, dass die Harmonität hinüberfließt, wenn sie die nächste Nacht in der Gebirgspension verbringen (welche bereits gebucht ist). Wieder.

Und wenn nicht – Pech gehabt. Der weibliche Anteil an der Gesamtbevölkerung der Erde umfasst ungefähr 55%. Also ...

Stopp! Seine Gedankenwanderung verharrt: *Alle Worte klingen so einfach! Doch ... wie wird es in Wirklichkeit aussehen?*

"Ach was, wird schon werdn."

***

Er schlägt die Augen auf; 7.44 Uhr. Seit er mit Jacqueline wieder in Kontakt ist, er kann nicht mehr so lange schlafen. Doch heute ihm ist das recht. Er steht auf, um Morgentoilette zu machen und abzuwaschen.

Plötzlich Jacqueline kommt herüber: "Guten Morgen! Du bist schon auf?"

"Länger schloafn ging ni, also binich offestandn."

Er geht auf sie zu. "Bekommich nen Guten-Morgen-Kuss?"

"Dann. Ich muss erst Zähne putzen." Und noch bevor er sagen kann, dass er sie auch mit ungeputzten Zähnen küsst, ist sie schon verschwunden.

***

Später – er ist inzwischen fertig geworden mit Abwa-
schen – kommt sie wieder herein und erfüllt ihm seine Bitte. Und als seine Lippen die ihren berühren,
fühlt Mike sich in einen rosaroten Himmel katapul-
tiert. Allerdings nur fast. Irgendetwas Unbestimmtes
hindert ihn daran, den Gipfel der Wolke sieben zu
erklimmen; diese wird kurz vor dem Top so glitschig,
dass er die Bedrohung spürt, mit rasender Ge-
schwindigkeit wieder hinabzusegeln, klammert sich
deshalb hingebungsvoll an den sich vor ihm auftuen-
den Spalt.

Sie küssen sich noch mehrmals. Dabei stellt
Jacqueline fest, dass Mike jetzt anders küsse als
früher, viel feuchter.

"Na meenste, ich bin vier Jahre lang absti-
nent gebliebn?", hält er ihr entgegen.

"Und lass meine Nase in Ruhe!" Sie hat nicht
die kleinste.

Mike lacht, zum ersten Mal, seit sie gekommen ist: "Ich kann doch nischt dafür, wenndese
laufend in mein Mund steckst."

"Ja ja, jetzt bin ich's wieder." Sie wischt sich
den Mund ab.

Befremden. Misstrauisch beäugt er sie. Doch dann verschwindet dieses Gefühl sofort wieder. Er hat beschlossen, es zu ignorieren.

Stattdessen er bedeutet ihr, sie solle im Schlafzimmer warten, er komme gleich nach.

***

Eine viertel Stunde später. Ein Tablett bringt er herein, das er auf das Bett stellt. Dann schmeißt er das Bettzeug samt Laken auf den Fußboden.

"He!", entrüstet sich Jacqueline. "Ich habe in dem Bett geschlafen, also mache ich es auch selber!"

"Von mir aus. Ich brauch bloß Platz."

Auf dem Tablett: Mit Butter und Nougat beschmierte Brötchen, Fruchtquark die Eskorte.

"Toll von dir", befindet Jacqueline, "aber ich habe schon so was geahnt. – Übrigens, hast du 'ne Kaffeemaschine?"

Mike trinkt keinen Kaffee, besitzt deshalb auch keine Maschine. Doch aus grauer Urzeit hat er noch die manuellen Sachen dafür. Mit denen sich Jacqueline zufrieden gibt.

***

Sie sitzen nebeneinander auf dem Bett und frühstücken. Dabei: Jacqueline, mit ihr stimmt irgendetwas nicht, schon wieder. Noch keine Semmel hat sie angerührt, sitzt nur da, trinkt ihren Kaffee und bläst Trübsal, vor sich hin.

Eine Semmel ist aber schon verschwunden, in Mike, nur jetzt zweifelt er daran, ob er weiter essen soll; ihm ist völlig unklar, was diese Stimmung nun von ihr zu bedeuten hat – er kann es nicht deuten. Gestern Abend war sie so abweisend, heute früh so liebevoll, jetzt so bedrückt. Er wendet sich ihr zu und sieht, wie die ersten Tränen anfangen zu kullern aus den Augen, die er so liebt.

Er umfasst sie, drückt sie gegen seine Brust. Hofft, sie sagt ihm bald, was mit ihr eigentlich los ist, jetzt, in diesem Moment.

Nach einer Weile, in der sie sich halb sträubt halb anschmiegt und noch kein Wort der Erklärung über ihre sinnlichen Lippen gebracht hat, er hält die Ungewissheit nicht mehr aus und fragt sie, warum sie so bedrückt ist.

Kopfschütteln.

"Kann ich dir irgendwie helfn?"

Kopfschütteln.

"Sollich dich loslassn?"

"Ja!" Dabei … der Kopf. Etwas Feindliches glitzert in ihr.

Mike seine Hände er zieht sie zurück, der Kopf er zerbricht ihn sich über die Bewandtnis dieses Glitzerns; jedoch auch diesmal er kann nichts damit anfangen. Fühlt aber, ihre Erklärung dazu sie wird bald kommen.

Er nimmt sich die nächste Semmel in die Hand. Setzt an zum Abbeißen. Doch da: Schallwellen; ein ganzer Hauch dringt an sein Ohr, wird mit jedem Buchstaben stärker, weitet sich aus zum Taifun, sein Mund erstarrt inmitten der Bewegung. Mechanisch legt er die Semmel wieder hin: "Ich habe keine Lust mehr."

Schlimmes im Anmarsch!!

Er will es noch einmal überspielen: "Du meins, inne Pension zu fahrn?"

"Das auch!"

In seinem Bauch es fängt an zu rumoren. Der Appetit er ist ihm vergangen, Mike er befürchtet eine Katastrophe.

Ihre Augen, ihr Gesicht: Veränderung, Wandlung, sie ruckt durch ihre Züge. Ihr Kopf er hebt sich nun völlig, ihre Schultern sie straffen sich, ihr Blick er starrt nicht mehr irgendwo hin, sondern er ist wieder mit Leben erfüllt. Wenn auch schwarz, schwarz wie die Abgründe der dunkelsten Nacht, als wenn sie irgendwelche Geister beschworen hat, die sich mit der zerstörend grausamen Finsternis im Bunde auf sie herabgesenkt haben. Dann: Ein Schatten huscht über ihre Wangen – eine Aufhellung ... sie hat sich soeben zu einer Entscheidung durchgerungen: "Ich hau ab! Ich mache heim!"

Mike will sich nicht sicher sein, dass er richtig gehört hat. "Was?", fragt er deshalb. "Was?", haucht er nach. "Was?", schrillt es in ihm. Übermächtig. Erschreckend. Entblößend.

"Ich hau ab, ich mache heim!"

Kein Versuch mehr, keiner mehr, nie einer mehr, sie zu halten. Wissen, das war endgültig. Auch hätte es keinen Zweck, sie umzustimmen. Denn letztendlich weiterhin wäre es doch nur eine Farce.

Er beschließt, es nicht mehr zu ignorieren, will sich nicht länger erniedrigen lassen; er hegt auch Zweifel, dass er damit durchbräche.

Dafür er steht langsam auf, schlürft in die Stube zum Sessel mit hängendem Kopf. Ist total leer, bis auf ein Wort, einen Namen, der immer und immer wieder durch seine Gehirnwindungen rasselt:

JACQUELINE.

Auf den Sessel fallen er lässt sich auf darauf, Zigarette er zündet sich eine an, Grübeln er verfällt in es. Nur worüber, er weiß es nicht. Ausgebrannt, seiner Ziele beraubt, vom Leben verwiesen. Ihm wird klar, er … er ist der ewige Versager.

Was will ein ewiger Versager noch auf der Welt?

Jacqueline kommt herüber. Angezogen, geschminkt, sie setzt sich auf die Couch. "Ich rauche jetzt noch eine, dann mach ich los. Zeigst du mir den Weg aus Zittau raus?"

"Ja", gibt er stumpfsinnig von sich.

"Ich müsste aber vorher noch tanken."

Sein Kopf hebt sich, ist aber labil geworden; er fällt zurück auf das Genick: "Wir komman eener vorbei."

"Mike! Nicht, dass du jetzt aus dem Fenster springst!", fällt ihr auf einmal ein.

"Weessch nochniso genau." Er starrt weiterhin die Decke an.

"Das wäre Zeit meines Lebens ein schwerer Vorwurf für mich! Willst du das?"

Er schweigt.

"Das wäre dann wieder typisch egoistisch für dich! Du denkst nie an die anderen!"

Er schweigt.

"Mike, ich bin es doch gar nicht wert, dass du dich wegen mir umbringst!"

Mike erwacht aus seiner Apathie: "Das musste schomir überlassn."

"Es ist verrückt", ringt sich Jacqueline eine Erklärung ab, "aber ich werde einfach nicht von Anfang an geliebt. Bei dir hat es ein Jahr gedauert, bei Steffen auch." (Steffen, der Ex(?)-Nebenbuhler) "Das ist zum Kotzen! Ich habe die Schnauze voll davon!" Sie bricht auf.

Sie noch länger zu sehen, sie noch länger zu riechen, sie noch länger in Gedanken abzutasten, Mike hat dazu keine Lust mehr. Aber versprochen, ihr den Weg zu zeigen; deswegen er folgt ihr.

***

"Du bringst dich nicht um, ge?", fragt sie ihn dann im Auto während der Fahrt zur Tankstelle.

Mike atmet tief und hörbar ein: "Weessch nonich."

"Dann ist es mir auch egal."

***

An der Tankstelle. Die Luft wird schwerer, dicker, undurchdringliger. Sie rasselt hörbar durch seine Bronchien, nicht ohne vorher noch im Rachen verweilt zu haben, um sich zu überlegen, ob sie den Weg in die Lungen nehmen soll oder nicht. Doch noch quengelt sie sich hinein in diese wie die Lava eines speienden Vulkans in das Bergtal. Eines kalten speienden Vulkans. Eines stockend speienden Vulkans. Seine Brust droht zu bersten, er verspürt einen stechenden

Schmerz im Bauch. "Ich brauch frische Luft", ächzt er und steigt aus dem Wagen.

Draußen. Er läuft zum nächsten Absatz, setzt sich auf ihn und lässt den Kopf sinken zwischen die Hände. Fängt an, sich Gedanken darüber zu machen, wie er die Erde von seiner Existenz befreien kann. Nichts anderes ist mehr in seinem Kopf, nichts anderes mehr, nur daran denkt er noch.

Ein Wagen fährt ab.

Mit einem Mal, stark verzögert, dringt es in seinen Verstand, das Geräusch, das ihm bekannt vorkommt. Langsam, sehr langsam, stark langsam, er schaut auf und sieht: Jacqueline ist allein losgefahren.

Er wünscht sich, jetzt, wiedermal, er könnte heulen, denn genau diese Stimmung er ist jetzt in ihr; aber lang ist es her, als er das letzte Mal Tränen vergoss: Es war zur ersten Verabschiedung von Jacqueline, als er in die Armee einrückte. Und seitdem – seitdem nichts mehr. Auch, wenn er sich mehrmals so fühlte, seitdem – nichts mehr.

Auch jetzt nicht. Darum er steht auf, trottet in Richtung Wohnung. Sein Kopf der hängt noch immer gen Boden, sein Schritt der ist nach wie vor schleppend; auf seinen Sachen da steht "world class" – die blanke Ironie. Sein Körper er droht zusammenzufallen, ein ganzes Schwadron Harpyien sie lümmeln über seinem Kopf und schlagen stauchend auf ihn ein.

Eine Brücke. Hinunter er schaut. "Kannich hier schlußmachn?", fragt er sich. Nur – der Fluss er führt zu wenig Wasser, die Brücke sie ist nicht sehr hoch; und außerdem zu viele Leute laufen an ihm vorbei. "Könnja sein, dassich überlebe. Un een Leben im Rollstuhl? Nee! Das ... das is doch bloßn Taumeln zwischn Lebn un Tod. Ab ins stille Kämmerlein."

Weiter. Zwar noch immer mit hängendem Kopf, aber schneller. *Schluss, Aus, Finito, so bald wie möglich.*

***

Ich ... ich ... ich ... ein Versager. Jaaa, ich bin ein notorischer Versager! Nichs anderes! Nein, ein Versager!
Seine Stube. Die Rosen, ihr Bild an der Wand, ihr Duft, der noch in der Luft schwebt – alles, ja,

alles, Jacqueline war hier. Mike greift sich einen Stuhl, stellt ihn ans Fenster, steigt auf das Fensterbrett, legt das rechte Knie in die frischen Luft hinaus ...

Er schaut sich noch einmal um. Einen wunderschönen, lauen Herbsttag hat er sich für seinen Abschied ausgesucht.

Dann wieder Blick auf das Ziel: Unten. Die Strasse. Die Bordsteinkante. Die Hecke ... Eine Hecke? Zwischen ihm und dem Erdboden?

Hier könnte ich auch überleben!

Er weiß, sein Überlebensinstinkt ... sehr groß. Darum ... sein Bein ... wieder zurück.

Dafür der Küchenschrank. Ein Messer. Auf den Stuhl.

Keine Denkpause. Nicht eine. Er tastet sein Handgelenk ab auf der Suche nach einem Puls. Doch .. Stille dort. *Was ...*

Aber am Ellbogen pocht es. Messer drauf – *ratsch.*

Es blutet!

Aber nicht pulsierend. Messer zu stumpf?

Zurück zum Küchenschrank. Ein schärferes. Und jetzt sein Hals. Puls. Messer. *Ratsch!* Noch einmal – *ratsch!*

Blut wabbert hervor, er fühlt, wie es langsam am Bauch hinunterrinnt. Mike er lehnt sich zufrieden zurück.

Das Männchen

Einen Tag später.

Ich lebe noch, sieche vor mich hin, sitze in einem Park, jetzt.

Zerrissenheit, Chaos, Agonie fast schon beherrschen mein Inneres. Am Ende ... nein, doch, es kommt immer näher, ich spüre es. Tapsend, leise, es schleicht heran, einen Schritt vor den anderen setzend, wie in Zeitlupe, ausbreitend seine Schwingen über mich, auch langsam. Verzweiflung, Verzweiflung in mir, Verzweiflung auf mir, Verzweiflung vor mir; darüber, dass ich ein notorischer Versager bin, darüber, dass alles, was ich anpacke, den Bach hinuntergeht, Angst vor dem Nichts: Um eine Frau kämpfte ich, um eine Frau, die mir erschien wie die unvergleichlich schöne Aphrodite, nachdem diese aus dem Meer aufgetaucht ist und ihren Fuß auf Zypern setzte. Aber: Versagen. Okay, zwei Jahre lang liebte sie mich, zwei Jahre lang, wunderschöne zwei Jahre, ich genoss es, ich werde es niemals vergessen, ach, wie schön war die Zeit. Und wir beide waren damals gerade dem Kindesalter entstiegen – War ich wirklich schon entstiegen? –, taufrisch, den Kopf frei für alles, was auf uns einstürmt, die Sinne frei für alles, was auf uns einstürmt, das Herz frei für alles, was auf uns einstürmt. Ja, und da legte sie mir ihre **ganze** Liebe zu Füßen; doch ich Trottel kickte dieses Gefühl einfach weg, als wäre es nichts – Was habe ich nur getan?? –, begriff nicht, was sich mir da bot, nahm es nicht an, weil ich Sex als Sport betrachtete, alles andere für Hühnerkacke hielt. Ja, so war es. Ich verdiene es ja gar nicht anders, als es jetzt ist.

Aber – man hinterlege mir die Pluspunkte für ein späteres Leben – ich erkannte irgendwann ... Toll, nicht? ... oder besser ich erahnte es, dass mir da etwas entgegenschwebt, etwas ... ach, mir fehlen die Worte dafür ... klein gehalten gesagt: etwas hyperschönes, das mich fliegen lassen kann, in unglaubliche Höhen empor, dass sich auf einmal die Möglichkeit bot – und das schon geraume Zeit –, alle meine Träume zu verwirklichen – Ich brauchte doch nur zugreifen!! Wirklich? Da war es doch schon zu spät. Wirklich?? Ja, es war mir bereits gelungen, ich hatte die Entfremdung schon eingeleitet. Ich Blödmann.

Ja, und gestern dann der zweite Versuch. Ich wollte es noch einmal versuchen, angehen, besaß den Glauben, ich könnte es schaffen, ja; besessen von ihr, von Sehnsucht, benebelt, vernebelt, umnebelt. Und tatsächlich: Kontakt mit ihr wieder aufnehmen, das klappte, hmmmh, vielleicht besaß ich sogar eine winzige Chance, mein Verlangen zu stillen, sie glücklich zu machen, mich glücklich zu machen, uns glücklich zu machen. Doch: Ich habe wieder versagt. Deswegen es ist sonnenklar: Ich bin ein notorischer Versager! Es gibt Gewinner und es gibt Verlierer; und ich … wohin ich gehöre – zu den Verlierern. Nur ein Wunder kann mich jetzt noch befreien. Nur ein Wunder. Und ich glaube nicht an Wunder.

Grabeskälte in mir drin, ich friere; Appetitlosigkeit – wann habe ich das letzte Mal richtig gegessen? In meinem Bauch es rumort, zwei Riesenmonster spielen dort Hopserle; Schlaf – hahaha, was ist das? Mein Lachen – wo ist es hin??

Doch egal, alles egal, alles. Ich sitze auf dem Sockel von einem Beet und lasse den Kopf hängen, habe ihn zwischen beide Hände genommen, wo er aber immer wieder herausgleitet, um in Richtung Knie zu wandern. Geknickt bin ich, geknickt wie eine vor kurzem noch blühende Rose, die jetzt zertrampelt auf dem Boden liegt, zertrampelt, ja, so wird es wohl sein.

Warum lebe ich noch, warum und zu was, und was will ich eigentlich noch auf dieser Erde??

Das Rumoren im Bauch es wird schlimmer; es wächst und wächst, immer mehr und immer weiter. Doch egal, egal auch das, egal wie alles andere. Nur noch die richtige Möglichkeit muss ich finden, um die Welt von meinem Antlitz zu befreien. Aber – Schreck, lass nach! Bin ich noch voll bei Bewusstsein? Oder bin ich schon irgendwo zwischen Himmel und Hölle, kann nur Aaron, den Bewacher des Styx, nicht finden?

Mein Bauch platzt auf; die Bauchdecke, die eigentlich innen zu sein hat, umwölbt das Außenterrain.

"Was ... was ist da los? Waaas passiert damit? Spielt die jetzt auch noch verrückt???"

Ein kleines Männchen, es präsentiert sich. Und hat in seiner Hand ... ja was, sieht aus wie ein Speer oder so was. Und sticht damit immer in mein Bauchfell. Deswegen also dieses Rumoren.

"He Wicht", schreie ich ihn aufgebracht an, "was soll'n das?"

Im gleichen Moment erschrecke ich, schaue mich aufmerksam um. Ist mein Geschreie irgendwo bemerkt worden? Nein, ich glaube nicht.

Wahrscheinlich bekommt das niemand mit – was ich bezweifle – oder ich lasse die Töne in einer anderen Sphäre ab – hm! Doch – auch das ist egal. Sowieso.

"Ich bin das Böse, der Böse, die Bosheit. Du brauchst es nicht erst versuchen, dir vorzustellen, was ich mit dir anfangen werde", ist sich der Wicht sicher, während er mit seinem Speer herumfuchtelt, als ständge er auf einer Gotteskanzel. "Du selbst hast mich gerufen, du selbst, weil Jacqueline zum zweiten Mal enttäuscht wurde –

von dir! Und jetzt ... jetzt bin ich da! Hmmmh. Ich freue mich schon auf das Mahl."

"Du bekommst aber noch mildernde Umstände zugesprochen, denn Vorsatz kann man dir nicht unterstellen. Ooh, da darf ich dich nur halb solange quälen. Und – eh, das wird ja immer schlimmer – du hast sogar noch eine Möglichkeit, mich hungrig nach Hause zu schicken: Hole Jacqueline zurück! Dann verschwinde ich. Schaffst du es aber nicht ... aaaah ...ich bin ein Sadist."

Veto: "Und was ist, Wicht, wenn ich dich kille? Was dann? Dann ist es aus mit foltern, dann ist es aus mit holpern, dann ist es aus mit poltern!"

"Okay, tue es. Aber dann wirst du nie mehr froh. Dann geht dir das Liebste weg, du wirst abstoßend und stumpfsinnig. Denn ich bin das, was man unter euch Menschen das Gefühl der Liebe nennt. Und – willst du das töten?"

Krampfhaft schluck: "Nein!" Ich brülle erschreckt auf. "Nein." Etwas leiser. Ich winde mich, schüttel mich. Tränen klopfen an ihre Gefängnismauern.

Ich schaue den Wicht an. Hasserfüllt. Der Schuld gewiss. Nichts machen könnend.

"Na was? Jetzt wird er kleinlaut, der Gute, der Versager. Aber was ist mit mir? Mich umhüllen jetzt auch Trauerschwaden, weil du Jacqueline wiederum vor den Kopf gestoßen hast, jetzt auch selbst keine Hoffnung mehr siehst. Doch ... ist dem wirklich so? Vermeinst du nicht irgendwo im Hinterstübchen, dass du wiedermal faul sein willst, bequemlich sein willst, dir den Weg des geringsten Widerstandes suchen willst? Neihein, die Büchse der Pandora ist noch nicht leer. Kämpfe um Jacqueline – kämpfe um Jacqueline, gewinn oder stirb! Dann, jaaa dann hast du dein Werk getan, bist geläutert von dem Größenwahn, der in deiner Vergangenheit aufkam, und jetzt noch existiert. Aber ... aber ... du glaubst mir nicht? Dann nimm das!" Er stößt seinen Speer mit größtmöglicher Wucht ins Bauchfell. – Ich krümme mich vor Schmerzen. – Der Wicht muss sich deswegen an einer aus der Leber herausragenden Franse fest halten. *"Glaubst du mir nun? Waas? Immer noch nicht? Dann horche dich um, frage ruhig meine Kameraden, die hier so rumspringen!"*

"Kameraden?"

"Ja, Kameraden – die Organe. Die haben nämlich auch was zu sagen."

Damit dreht er sich dem Inneren zu, dirigiert jetzt wirklich.

"Ja ja Mike, kämpfe, kämpfe, kämpfe!", schallt es aus allen Ecken, wummernd wie ein Kontrabass, schrill wie eine Sirene, krächzend wie eine ungeölte Türangel, piepsend wie Frau Maus in Ekstase. Und mein Herz sendet einen gleißenden Strahl an die Oberfläche:

Jacqueline

"Soo Mike", meldet sich das Männchen wieder zu Wort, *"jetzt dein Kopf. Wie ein König lässt er die anderen erst einmal diskutieren. Dann jedoch kommt sein Urteilsspruch. Höre hin, genau! Und sage nicht, du weißt davon nichts."*

Ruhe. Plötzlich eine Stimme. Zögerlich, zaghaft, zaudernd: *"Jaha Mike, du solltest kämpfen. Jaha, das meine ich."*

Wer spricht da? Dort hinten, ja: Seriös, topgestylt, ein Gesicht wie das von Nina Hagen vor ihrer Punk-Karriere, arrogant dazu, jetzt aber verängstigt.

"He", rufe ich ihm zu, *"was willst du? Is' was?"* Ich recke die rechte Faust in die Höhe.

Daraufhin verkriecht er sich kleinlaut.

"Das war dein Verstand", erklärt der Wicht. *"Doch in der Frage hat er eh nichts zu sagen. Aber frage weiter."*

Da meldet sich schon die nächste Stimme: *"Vergiss sie, lass sie fallen! Okay, früher hast du sie schwer enttäuscht, ach ja, doch die ... puh, die hat ihr Scherflein dazu beigetragen, ganz bestimmt; und jetzt ... hat sie sich noch mal gerächt. Na und? Was soll's? Auch das ständige Gequatsche von dir, 'du brauchst sie'! So ein Humbug! Wofür? Wozu? Warum? Du hast doch mich! Und was den alten Wicht betrifft: Hä, der kann uns mal. Diese vermoderte alte Dattel."*

Wer quatscht denn da so dämlich? – Ach, nun sieh mal einer an, was ich alles so beherberge: Irgend so eine Para-Licht-Gestalt! Strähnige, verpappte kastanienbraune mit grünem Schimmel überzogene Haare, die Nase steht auf viertel fünf, zwischen den Strichlippen lugen die schwarzfleckigen fast schon herausfallenden Zähne hervor – iiiiieeeeh, ekelhaft, unwillkürlich schüttelt es mich bei diesem Anblick. Dazu ein das sich Körper nennendes winziges Gebilde, dessen Auswölbungen die wahre Bestimmung nur erahnen lassen; und dazu noch ein schier alles ausstechender Buckel; äh; die ganze Abartigkeit eingehüllt in einen dünnen, zerlöcherten Sack, bei dem man sich selber aussuchen darf, welcher Farbe das Original sein könnte. Ich glaube, so egoistisch sein und sich dann auch noch so verhalten, der muss einfach so aussehen, es geht gar nicht anders. Wie sagte der große Meister schon: "Nomen est omen." Ja! Und außerdem: Seine Monstrosität muss einfach so frappierend sein, dass man gar nicht weiß, wohin einen diese Abstrusität führt, in welches vulgäre Labyrinth man hineingeschwemmt worden ist. Damit man nicht auf die Idee kommt, dort hinzugehen. Abschreckung! Wie schon im Mittelalter. Die mit der Lepra. Zum Beispiel.

"Hör nicht auf ihn, hör nicht auf ihn!" Ein Dunstvorhang, schwarz, dick verhangen, an den Enden Feuer spuckend, gezogen vor das Gesicht

des alten Männchens. Und Wut. In seinen Worten. In ihm. In seiner Hand. Er jagt seinen Speer wieder in mein Bauchfell. *"Das ist derjenige, der sich als die Vernunft bezeichnet!"*

Wer sonst?? *"Verpiss dich, Vernunft! Ich will dich nicht haben. Du sollst nicht in mir wohnen. Ich werde dich nicht nähren. Hau ab! Und lass dich nie wieder blicken!"*

"Richtig! So war es richtig, Mike", das Männchen hat sich beruhigt, *"aber du ... du standest mit der Vernunft ja sowieso schon immer auf Kriegsfuß. Jetzt aber dein Gefühl, lass es sprechen. Und lass es entscheiden, ob und wie du dich befreien sollst."*

Stille. Dann: Bariton, dunkel, melodisch, traurig: *"Mike, kämpfe weiter! Du darfst nicht aufgeben! Vor allem jetzt, wo du siehst, dass du ihr nicht egal bist! Alles, was du geschafft hast, tatest du doch nur für sie! Du hast dich doch aus dem Rollstuhl hochgerappelt, um wieder zu ihr zurückkehren zu können! Was ist, wenn du kein Ziel mehr hast? Was ist, wenn für dich kein Sinn mehr im Leben besteht? Jeden letzten Funken Hoffnung, der in dir schwelt – und diese*

Hoffnung ist noch nicht erloschen, dort drüben in der Ecke ganz verschämt steht sie da – du musst sie nur ergreifen, dich an ihr hochziehen, durch sie den Sinn deines Lebens wiedererlangen! Hoffnung ist doch das, was euch Menschen am Leben erhält. Also um sie weiterkämpfen! Das kannst du doch aber, oder?"

Braune seidig glänzende lockige lange wehende Haare, weiche abgerundete Züge, leicht zum Haken gebogene und vor Leidenschaft glühende Nase, volle zum Kuss einladende Lippen, muskulöse gebräunte Statur, bekleidet nur mit einer Stretchhose – so sehe ich immer in meinen kühnsten Träumen aus; dazu mit von loderndem Feuer erfüllten Augen, die jetzt aber von Trauerrändern umgeben sind. Ihm kann man eine Bitte nicht abschlagen, ihm kann man nicht böse sein, nur ihn lieben, lieben, und nochmals lieben.

"Und Mike", meldet sich wieder das Männchen, *"wie lautet deine Entscheidung?"*

"Da fragst du noch? Eeh, du am meisten, du müsstest doch wissen, dass ich vom Gefühl beherrscht werde. Deswegen eh mir bleibt gar nix anderes übrig: Ich muss sie wiederhaben! Ich

muss, eeh, ich muss, ich muss, ich muss! Oder –
der Oybin ist hoch genug. Denn ich kann ohne
sie nicht mehr leben! Ich glaubte nie an Liebe,
die dann immer Liebe bliebe. Und ich glaubte
auch nie an Sehnsucht, die mir mein verdamm-
tes Herz bricht. Doch Garantie gibt mir keiner,
und ein Mann, der soll nicht weinen. Doch ich
genieße meine Tränen ganz und gar."

"Du weißt aber, dass es jetzt noch schwerer
werden wird!"

"Ja, leider. Aber was soll der Geiz? Diese
Suppe habe ich mir selber eingebrockt; also ich
muss und werde sie wieder auslöffeln. Koste es,
was es wolle! Und wenn es mein ohnehin be-
schissenes Leben ist."

"Gut, dann tue, was du tun musst. Und in
der Zeit wirst du auch nicht so heftig gepikst.
Nur unterschwellig – damit du weißt, dass ich
noch da bin. Und kommt es dann zu einer posi-
tiven Entscheidung, erlebst du von mir nur noch
die Sonnenseite, fühlst dich in allem bestärkt,
hast immer gute Laune, wirst von einer kreati-
ven Zuckung nach der anderen ereilt. Solltest du
aber verlieren oder solltest du den Kampf

abbrechen – aus welchen Gründen auch immer –, dann mach dich auf was gefasst. Auf so eine Tortur, dass du den Tag, an dem du geboren wurdest, verfluchst und erst nach ewiger Zeit in dich zusammenfällst. Bei lebendigem Leibe, versteht sich." Damit beendet er meine Audienz, schließt seine Luke wieder.

Ich aber sitze immer noch da; jedoch wieder mit erhobenem Kopf. Schaue auch wieder aufmerksam um mich. Denn das Männchen hat mich am Energietopf schlecken lassen, hat wieder Licht in mein düsteres Dasein fallen lassen, hat mich wieder Hoffnung schöpfen lassen.

Ja, ich werde kämpfen. Und ich werde siegen. Hoffe ich. Glaub ich. Weiß ich. Und wenn nicht? Dann tritt das kleinere Übel ein: Quälung bis zum Tod vom

Männchen

Absolution

Ein Zug fährt ab in Richtung Dresden. Mike schaut aus dem Fenster und sieht, wie Tropfen für Tropfen über das Glas rinnt, der Himmel wolkenverhangen ist, eintönige, begossene Baulandschaften vorüberziehen. Wieder ein schlechtes Omen? Augenblicklich schüttelt er sich davon frei, möchte nicht den Schein aufkommen lassen, dass er abergläubig ist. Freuen will er sich vielmehr auf das, was ihn in Chemnitz erwartet, freuen auf Jacqueline, die er dort treffen wird, freuen auf das vor ihm liegende Wochenende, dass sie zusammen im Erzgebirge verbringen werden.

Jetzt aber Mike ist angespannt, aufgeregt, nervös, sitzt wie auf glühenden Kohlen, dem Lokomotivführer könnte er auf den Pelz rücken, auf dass der schneller fahre. Doch das hier ist noch nicht sein Zielzug, nur bis Dresden Neustadt fährt der, dann noch zum Hauptbahnhof und dann erst nach Chemnitz. Infolgedessen er lehnt sich zurück und lässt noch einmal die letzten zwei Wochen vor seinem inneren Auge vorüberziehen: Als er sich den Hals aufschlitzen wollte, ein Blutgefäß, ja, er hatte eines getroffen, ja, doch nicht die Aorta, nein, nur eine Kapillare. Und er musste einsehen, selbst zum Sich-Verabschieden ist er unfähig. Daraufhin zuckelte er mit seinem Fahrrad durch die Gegend, versuchte, wieder Herr über sich selbst zu werden, quatschte mit seiner Schwester, ging Fußball spielen mit einem Freund – sein Innerstes nach außen kehren konnte er bei ihm. Später Patricia kam auch zu ihm, richtete ihn wieder auf, denn plötzlich hatte er furchtbare Angst davor, allein in seiner Wohnung zu sein, fürchtete sich vor der Decke, die ihm auf den Kopf fallen könnte; Patricia brachte ihm Beruhigungstabletten mit (welche sogar halfen). Doch der nächste Tag der war mindestens genauso qualvoll: Früh ging er ins Fitnesscenter, aber schon bei der ersten Übung musste er abbrechen, denn nur schwer konnte er sich konzentrieren, immer wieder quälte ihn die Frage, was hatte er falsch gemacht. – *War es vielleicht der Umstand, dass ich sie mal mit einem anderen Vornamen ansprach?* (Was ihm vorher noch nie passiert war.) – Am Nachmittag ging er wieder Fußball spielen, saß am Abend wieder vor dem Fernseher, schluckte wieder eine Beruhigungstablette. Vorher hatte er alle Spuren von Jacqueline ihrem Dagewesen Sein beseitigt, weil er sonst eine tödliche Wiederholungskrise befürchtete. Fernsehen konnte er aber auch nicht. Zu viele Bilder, die alle Jacqueline-geschwängert waren, schwebten ihm vor, machten für ihn alles andere uninteressiert. Darum er setzte sich an seine Schreibmaschine und schrieb allen Frust, der auf ihm lastete, in einem Brief an sie sich von der Seele. Den er am nächsten Tag mit dem Bild einer geknickten Rose gen ihr schickte. Am Montagnachmittag fuhr er mit Monique ins Gebirge. Dort und dann auch bei ihm zu Hause liebten sie sich, alle Probleme über Bord schmeißend, die Schönheit des Augenblickes genießend. Am Dienstag dann der Brief, er bekam ihn, sein Duft – Jacqueline hatte ihn geschrieben. Und der … der war beleibt, Mike konnte es erfühlen, nicht ein leerer

Umschlag nur zu seiner Verhöhnung. So schnell ihn seine Beine trugen, er lief hoch in seine Wohnung; lesen, nur lesen. Aber das Öffnen schwer war es auf einmal, unheimlich schwer. Kurz vor einem Seelenkrampf er stand davor, zitterte, mehr als sonst. Der Duft und ihre Schrift sie animierten ihn dazu, alle Erinnerungen wieder auf sich einströmen zu lassen; eine Lawine sie stürzte auf ihn ein, ganz langsam, stetig aber; und nichts, überhaupt nichts, schien sie aufhalten zu können. Aber irgendwann hatte er es geschafft, den Brief zu öffnen. Nun – die Worte, die sich ihm da darboten und ihn seiner Umgebung abtrünnig machten, die Worte, die er in sich hineinsog, die Worte, er konnte sie nicht erfassen, anfangs, zu schnell seine Augen, anfangs, zu langsam sein Gehirn, anfangs. Dann aber: Sie schrieb, dass sie zu einer ruhigen Stelle gefahren sei, versucht hatte, dort ihre Gedankenwelt zu ergründen und zu ordnen; er hätte eine Chance gehabt, aber durch den Brief über seinem Bett (welcher von Monique stammt, hocherotisch ist; Mike hatte vergessen, ihn zu beseitigen, weil er ihn schon als Mobiliar ansah) und durch seine zum Beispiel bei der Begrüßung sie einnehmende Selbstverständlichkeit und Leidenschaft – welche sie zwar liebe, die sie aber noch nicht für angebracht hielt – hätte er alles verdorben; sie rechne es ihm hoch an, dass er versucht hatte, zu ihr zärtlich zu sein, doch durch seinen Tremor sei von einem Augenblick zum anderen alles wieder fortgewischt gewesen *(Scheiß Unfall!!!!!)*; jetzt herrsche eine völlige Leere in ihrem Kopf; sie wäre zwar bereit, mit ihm eine Freundschaft einzugehen – wobei sie sich auch ab und zu sähen, aber mehr könne es nicht werden. Mike er las den Brief noch einmal, und kaum hatte er das Ende erreicht, glitt sein Blick zum Anfang zurück und wiederholte den Vorgang; dann er ließ ihn sinken, langsam, schneller werdend, um sich in plötzlichem Anflug von Hektik sofort an die Schreibmaschine zu setzen und ein Gedicht zu schreiben ihr. Abends dann er ging sie anrufen, er musste, ein innerer Drang der ließ ihm keine Ruhe, zuvor, er zwang zur Telefonzelle ihn, er, ihn. Doch als er aus ihr wieder herauskam, ein Lichtstrahl der stand auf seinem Gesicht, breitete sich aus, verwandelte ihn in die imaginäre Viktoria: Sie wolle es noch einmal versuchen mit ihm. Zwar erst im September oder im Oktober, bis dahin müsse er ihr Zeit lassen, alles Geschehene zu verarbeiten, doch ein Hoffnungsschimmer, ja, ein Hoffnungsschimmer, der war an seinem Horizont wieder aufgetaucht, der hatte ihm den Glauben vermittelt, das Leben er könne es doch noch genießen. Hörbar sog er die ihm nun viel frischer erscheinende Luft in seine danach verlangenden Lungen, in einem viel helleren Licht sah er nun die ihn umgebende Welt, wenngleich es nieselte. Und am Abend keine Beruhigungstablette mehr.

Am letzten Freitag verabredeten sie sich für heute in Chemnitz auf dem Hauptbahnhof, wollen zusammen ins Erzgebirge zu fahren – danach, irgendwohin. Sofort versprach er ihr, alles zu organisieren, wohingegen sie den Einwand ob der fehlenden Spontanität anmeldete. Und insgeheim gab er ihr recht; aber wundern über sich selbst musste er dennoch: "Sollte diese für mich eigentlich so typische Charaktereigenschaft etwa verloren gegangen sein?" Trotzdem: Nach dem Anruf war ihm so wohlig zumute, den Teufel sah er im Smoking umherschreiten, die Engel hörte er im Kanon ihr schönstes Lied trällern ... Denn nur noch auf diesen einen Punkt war er fixiert, auf den für ihn so lebenswichtigen Punkt, alles andere war nunmehr banal – eine Steigerung von trivial –, hatte sich itzo in das keine Schatten bildende Zwielicht abgeseilt. Und er machte das, was sie ihm empfohlen hatte: die Worte in ihrem Brief erneut zu lesen und ihre Botschaft zu erkennen und zu beachten. Ja, ihre Botschaft. Heute will er seine Leidenschaft in der inneren Grube behalten. Was ihm schwerfallen wird, ja, das weiß er, und vielleicht ist das auch gar nicht richtig; aber nichts führt daran vorbei: Ihr Wunsch ist ihm Befehl.

Dresden kommt in Sicht. Er zieht sich die Jacke über, tritt an die Ausgangstür; doch in Klotzsche sind sie erst. Auf keinen Fall darf er aber den Anschlusszug verpassen.

***

Mike auf einer Bank sitzt er, die auf dem Bahnsteig steht, von dem aus er zum Hauptbahnhof kommt. Und obwohl es angeschrieben steht, er musste sich noch einmal bei einer Schaffnerin überzeugen, dass der hier der richtige ist.

Fünf Minuten vor der Abfahrtszeit. Ein Zug der steht vor ihm, fährt auch in seine Richtung – nach München, wie Mike festgestellt hat –, aber ob zum Hauptbahnhof oder vielleicht sogar nach Chemnitz – er weiß es nicht. Deshalb er steigt nicht ein, denn das kleinste Risiko … nicht eingehen möchte er es.

Derweil im Lautsprecher wird andauernd über Verspätungen berichtet. Wird es auch ihn treffen? Die Uhr sagt "ja". Was dann? Auf dem Hauptbahnhof nur eine viertel Stunde Zeit zum Umsteigen. Also?

Sein Zug er wird angesagt. Mike er springt auf sofort, bürdet sich sein Gepäck auf, stelzt hin und her nervös danach. (Sein Gepäckgut hat er vorhin noch um einen Strauß roter Rosen er-weitert.)

Plötzlich der Zug. Erleichterung. Drei Minu-ten zu spät zwar, aber gängig noch.

Auf einmal Mike fängt an zu fluchen, zu maulen, zu donnerwettern. Denn der Zug einen

Vogel zeigt er ihm und biegt nach links ab. Sein Herz vor Sorge beginnt es zu welken, sein Magen Übelkeit erfasst ihn, vor den Augen weiße Sternchen tanzen Ringelreihe, hinter seinen Schläfen eine Brandung dröhnt auf, in der Bauchgegend ein konkurrierendes Hämmern.

Schnell setzt er sich auf die Kante der Bank, hofft, dass dies nur ein kurzer Schwächeanfall ist.

***

Endlich im Zug zum Hauptbahnhof. Ungeduldig er steht vor der Ausgangstür. Hofft, ein Schaffner lässt sich mal blicken, damit Mike ihm Bescheid sagen kann, dass der anschließende Zug auf ihn warten solle. Denn neun Minuten Verspätung hat sich dieser hier geleistet, ergo, Mike hat nur noch sechs Minuten Zeit zum Umsteigen. Und sein Kleinhirn und auch sein gesamter Körper könnten ihm dabei einen Strich durch die Rechnung machen. Trotzdem er ist davon überzeugt, dass er es schaffen wird. Nur – wenn er es nicht schafft, was dann? Was wird dann aus dem Treffen? Was aus seiner Chance?

In Chemnitz sein Verspätungsverslein durch-
sagen lassen. Wird das was nützen? Wird so was
überhaupt gemacht? Was ist, wenn Jacqueline
erst fünf Minuten später kommt? Er muss

muss

muss

den Anschlusszug schaffen, auf jeden Fall.

***

Hauptbahnhof. Fünf Minuten Zeit. Er spikt, so
schnell er kann. Gehbehinderung egal. Volle
Reisetasche auf dem Rücken, er spikt; an ihr
hängt ein Schlafsack, er spikt; in der linken Hand
er hält dort den Blumenstrauß, er spikt. Und das
zum anderen Ende des Bahnhofs.

Zwischendurch er stolpert, verliert seinen
Rhythmus, sein Gleichgewicht gerät ins Wanken
– er kann sich noch einmal abfangen. Und spikt
weiter.

Dann Zielbahnsteig. Die Lokomotive sie ist
schon in Betrieb, der Schaffner er steht bereit,

holt Luft, um diese in die Trillerpfeife zu pressen. Just in dem Moment der Lautsprecher: "In den Zug nach München mit Halt in Chemnitz, Hof, Nürnberg bitte alles einsteigen und Türen schließen!"

Mike spikt, versucht nun, noch schneller, er muss den Zug kriegen; doch – das Maximum ist erreicht, noch schneller geht es nicht; er spikt schon mit voller Kraft.

Schließlich der letzte Wagen. Er hievt sich hinein, hinter ihm die Tür wird zugeknallt. Der Zug ruckt an. Rollt. Davon. Erleichterung. Gerade so bekommen den Zug. Er keucht vor sich hin.

***

Mike hat einen Sitzplatz in einem Raucherabteil gefunden, wo er einen jungen Mann kennenlernt, der ihm erzählt, dass er aus München stammt, in Dresden als Baukonstrukteur an der Entwicklung einer Hotelkette arbeitet – *Arbeitet er bei dem Präsidenten von Dynamo Dresden, glaube Wolfgang Otto heißt der?*, fragt sich Mike. *Der ist doch Bauunternehmer.* Gleichzeitig die innere Stimme: "Du hättest den Zug von Neustadt nach München vorhin doch nehmen können." Doch da er diesen hier geschafft hat, bleiben für ihn alle Wenn's und Aber banal und er wendet sich wieder seinem Gegenüber zu.

Dann hört er noch, dass eine Fahrt nach München 123 DM kostet. Weswegen er froh ist, nicht nach München zu müssen.

***

Seit einer Weile schaut er angespannt nach draußen: In Dresden die Sonne schien da, aber umso mehr sie sich Chemnitz nähern, das Wetter umso schlechter wird es. Und kurz vor seinem Ziel Schneeflocken jagen die Regentropfen, vermischen sich mit ihnen, apokalyptische Bilder die Landschaft sieht so aus; der Äther scheint zu weinen, weil die ihn erquickenden Spätzelchen ausgestorben sind.

Mike redet sich sofort wiedermal ein, dass er nicht abergläubig ist, aber gewissen Unbehagens kann er sich nicht erwehren.

***

Ankunft in Chemnitz. Der Münchner wünscht ihm noch viel Glück und viel Spaß zum Abschied, dann Mike steigt aus.

Zuerst sein Blick schweift über den Bahnsteig. Jacqueline ist ... sie ist noch nicht zu sehen. Darum er buckelt sein Zeug wieder auf und schickt sich an, die Treppe zum Bahntunnel hinunterzulaufen, wo er sich durch die Ablagerung seiner Sachen einen Sitzplatz schaffen möchte. Denn er vermeint, vor sich hat er den einzigen Weg zu diesem Bahnsteig, folglich Jacqueline muss an ihm vorbeikommen.

Allerdings die Spinnen haben sich sogar verkrochen, so feuchtkalt ist es dort. Deswegen nach knapp zehn Minuten zieht er es vor, in die Bahnhofshalle zum Fahrplan zu zuckeln; denn sie muss ja dort nachschauen, denn dass sie den Fahrplan im Kopf hat – er wagt es zu bezweifeln.

Der Ausgang in seinem Blickfeld. Sicherlich sie muss von dort kommen, schweben konnte sie früher zumindest noch nicht.

Sich dorthin gestellt er beobachtet mit unermüdlicher Geduld die kommenden Autos. Doch

Jacqueline … sie ist nicht darunter bisher. Aber er weiß, zwischen Großgarten und Chemnitz ist das zentrale Staugebiet Deutschlands, deswegen er sollte nicht verzagen. Trotzdem in ihm lodern die ersten Zünglein der Glut des Warten-Müssens auf. Und auch die Zweifel sie lassen nicht lange auf sich warten, knabbern ihn an, ob es richtig ist, hier zu stehen.

Wenn es nun doch noch einen anderen Eingang gibt, von dem du nichts weißt?!

Wieder zurück vor seinem Bahnsteig, wieder er setzt sich auf die Treppe nieder, wieder er hat seine Reisetasche untergelegt, damit er sich nicht verkühlt. Und wenn jemand kommt, dann schaut er auf, um darauf seinen Blick enttäuscht sinken zu lassen auf das Buch, welches er gerade liest ... immer wieder.

Doch plötzlich sein Gesicht bleibt oben. Er fängt an zu strahlen.

"Hallo Rostlaube! Was machst'n duier?!" – Rostlaube ist der Spitzname von Steffen Friedmann, den Mike aus dem Fitnesscenter kennt.

"Grüß dich Mike. Das gleiche könnte ich dich fragen."

Mike erzählt ihm, warum er hier ist und freut sich sehr, jemanden Bekanntes getroffen zu haben, den er vollquasseln kann.

"Undu?", fragt er, als er fertig mit Erzählen ist.

"Mich wollte hier een Kumpel mit 'm Auto abholen, ist aber unerklärlicherweise ni gekommen. Jetzt muss'ch mit'm Zug nach Zittau fahren."

"Was willstnier?"

"Wussteste das noch ni? Ich lern' in Chemnitz. Bin die Woche über im Internat."

"Gingmir ouch so, als'ch inner Lehre war", erwidert Mike. "Allerdings war'chin Bautzen. Un ehrlich – ich fand's zum Kotzn."

"Na ja, in Chemnitz geht's", findet Steffen. "Aber sag mal, wie spät is'n das eigentlich?"

Mike schaut auf die Uhr. "17.43 Uhr."

"Okay, dann hab'ch noch Zeit. Mein Zug fährt erst viertel sieben."

Während Steffen sich neben ihn setzt, kommt in Mike der Gedanke auf, mit Steffen gleich mitzufahren. Sofort aber er verdrängt diesen Einfall wieder, schiebt das bisherige Nichterscheinen von Jacqueline auf mögliche Verkehrs-widrigkeiten. Stattdessen bemerkt er, sein Magen schreit nach Essen.

"Rostaube", fragt er ihn darum, "hase was zu essn da? Ich hab' heut noch keene richt'ge Mahl-zeit zumir genomm un jetz hat mei Magn die Schnauze voll davon."

"Ja, aber bloß das hier." Er zeigt Mike ein Riesensandwich. "Und ich hab nischt zu trinken dazu."

Mike ist zwar nicht sehr begeistert von der Vorstellung, das Sandwich ohne was zu trinken zu verdrücken, nimmt es aber trotzdem dankbar an.

***

Wieder allein vor dem Bahnsteig. Das Sandwich er hat es verschlungen, Steffen der ist zu seinem Zug gegangen – welcher in diesem Moment ab-fahren dürfte – und Mike er ist wieder in sein Buch vertieft. Aber lange nicht. Immer wieder in seinem Kopf taucht das eine Wort auf, das von ihm Besitz ergriffen hat schon seit dem 12. Juli:

Jacqueline?

Und diesmal leuchtet ein Fragezeichen dahinter
auf. "Was hat das zu bedeuten?" Immer wieder
er muss an Montag denken, als er sie etwas fragte am Telefon: "Hättich als Behinderter ouch so
– ohne dass wir uns kenn – bei dirne Chance gehabt?" Und er hatte erwartet, dass sie ohne Um-
schweife bejaht hätte. Umso mehr war er bei ihrer Antwort verdutzt: Sie zögerte. Dann: "Hätte
ich dich nicht gekannt, wärest du ohne Chance
geblieben. Aber dadurch, dass wir schon mal
lange zusammen gewesen waren, wusste ich, wie
du als Mensch bist." Ihm lag auf der Zunge zu
fragen, ob er für sie sonst ein Untermensch gewesen wäre, war sich im Klaren darüber, dass sie
ihn jetzt sehr wenig kennt, denn seit dem Unfall
hat er sich in einigen, auch wichtigen Punkten
stark verändert; doch ... er verschob das auf später, vermeinte, dass er noch einiges gutzuma-
chen habe und ihr deshalb nicht so kommen
dürfte. Glücklich war er ganz einfach, glücklich
darüber, dass er noch eine Chance bekommt.
Zumindest ... er glaubt es, immer noch. Sie hat-

ten auch verabredet, dass er noch einmal am Mittwoch anrufe. Doch ... wer ihm da antwortete, der Anrufbeantworter, sonst niemand. Darum er versuchte es gestern Abend noch einmal. Doch auch diesmal ... wer ihm da antwortete, der Anrufbeantworter, sonst niemand. *(Oder wollte sie nicht?)* Und sein Bauch der rumorte.

Dieses Gefühl bis jetzt konnte es sich nicht verklären. Denn Verspätung sie wächst. Oder ... Stau, liegt es doch daran? Oder ... vielleicht ist ihr etwas passiert? "Nein, nein, bitte nicht!" Er weist es von sich. "So was passiert Jacqueline nicht. Stau er muss daran schuld sein."

Plötzlich kommt ihm eine Idee. Er sucht sich einen Gepäckautomaten, damit er seine Sachen nicht ständig herumbuckeln muss; wird fündig und verstaut alles darin – bis auf sein Buch. Das legt er auf eine Mauer. Dann hoch zu den Telefonen, anrufen will er sie. Doch wieder ... wer ihm da antwortet, der Anrufbeantworter, sonst niemand. Mike, teils darüber erleichtert, teils grimmig, will wieder auflegen, überlegt es sich aber anders im letzten Moment. Eine Nachricht er gibt sie ihr durch: "Hallo Jacqueline. Es is jetzte 18.57 Uhr und ich wartoff dich in Chemnitz. Ich hoffe, du kommst bald."

Wieder er schlendert durch die Bahnhofshalle. Plötzlich der Gedanke durchpeitscht ihn, dass er sein Buch liegengelassen hat. Schnell er läuft zum Gepäckautomaten zurück.

Dort angekommen schaut er nach, wo er es hingelegt hatte. Und – er glaubt, seinen Augen nicht trauen zu können: Sein Buch, es ist weg! In den zehn Minuten seiner Abwesenheit es ist schon verschwunden. Mike ist begeistert wahnsinnig davon, flucht entsetzt vor sich hin. Denn das Buch er fand es sehr gut, spannend und interessant geschrieben. Aber etwas noch daran ändern er kann es nicht mehr. *Soll doch derjenige, der sich bedient hat, daran ersticken!*, sagt er sich. Und geht ein neues kaufen.

Um acht. Wieder ruft er sie an. Diesmal sagt er aber nicht die Zeit durch, sondern nur, dass es jetzt schon eine Stunde später ist.

Dann, beim sich wieder Hinsetzen, die Erleuchtung kommt ihm, dass, wenn seine Erinnerung nicht falsch läuft, an seinem Gepäckschlüssel gar kein Nummernschild dran ist. Wieder läuft er besorgt zum Gepäckfach. Und sieht, alle Fächer bis auf vier sind noch leer, der jeweilige Schlüssel der ist an ihnen befestigt. Und alle sind durch ein ihnen anhängendes Nummernschild gekennzeichnet. Nur an seinem da ist nichts. Komisch. Er kramt noch einmal seine Taschen durch – es bleibt beim Nichts. Sollte er sich von knapp 30 Schlüsseln gerade einen kaputten ausgesucht haben? Er hat zwar nicht darauf geachtet, aber das nur deshalb, weil er diese Sache für selbstverständlich hielt.

Was ist auf diesen Bahnhof schon selbstverständlich?, pocht es in seiner Gedankenkammer.

Doch zum Glück er kann sich noch daran erinnern, welches Fach er benutzt. – *Oder??* – Ganz sicher er ist es nicht. – *Vielleicht ...?* – Er läuft zum Schalter, hofft, das Ganze es lässt sich noch klären.

Die Schalterfrau sie schaut ihn verständnislos an. "Da ist niemand mehr da, der die öffnen könnte."

"Unwas sollich jetzt machen?", will Mike wissen.

"Entweder Sie warten bis morgen früh" – Sein Kopf wandert mit zweifelndem Blick ein Stück zurück, als wenn er eben etwas vernommen hätte, dem er ausweichen möchte – "oder Sie versuchen es selber. Ich bin mir sicher, dass jeder Schlüssel nur in ein Schloss passt."

Das klang wie: "Ich nehme an, dass ...", Mike sagt aber trotzdem "danke" und zieht von dannen.

Nachdem er sich überzeugt hat, dass der nächste Zug nach Großgarten viertel zwölf fährt, schaut er auf die Uhr: 20.52 Uhr. Durch diese komische Aktion mit dem Gepäck hat er gar nicht gemerkt, wie die Zeit verrinnt. Sonst wurde er durch das Warten auf Jacqueline immer dazu animiert, auf die Uhr zu schauen. Jetzt wird es aber wieder Zeit, ihren Anrufbeantworter zu bequatschen.

"Jacqueline, ich wartimmernoch. Und bistebis viertel zwölf ni da, kommich nach Großgarten! Dazu mussch ouch sagen, dass meie Stimmung im Sinken is. Ich gehe jetzt inne Mitropa was essen. Folgich binnich also dort zu finden."

22.30 Uhr. Die Mitropa sie schließt, Mike er geht noch einmal ans Telefon. Sein Magen der muckert jetzt still und leise vor sich hin, weil er Gelegenheit zum Arbeiten bekommen hat; dreiviertel zehn rief er noch einmal an, mit demselben Ergebnis wie vorher, und deswegen er ist auch jetzt kein bisschen ruhiger; er ist sogar hochgradig wütend, hat aber noch keine Ahnung, wo und wie sein Temperament ausbrechen wird. Nur eins ist ihm bereits klar: Jetzt wird es das letzte Mal sein, dass er sie hier anruft, dann erst wieder in Großgarten.

"Jaaackliiine!", brüllt er mehrmals ins Telefon, denn ihm ist bekannt, der Angerufene kann über den Anrufbeantworter mithören, ohne dass er sich meldet. Doch es bleibt dabei ... wer ihm da antwortet, der Anrufbeantworter, sonst niemand: "Jacqueline, ich komm jetzt nach Großgarten. Unich bin stocksauer."

Dann er geht auf die Toilette. Dort aufpassen, dass nicht laut loslachen: Das Pissoir ist vergittert und im Käfig jetzt ein Mann, der wütend gegen die Gittertür schlägt. Spinnen krabbeln bereits sein linkes Bein hinauf; als er sich bückt, um sie in die nächste Ecke zu befördern, kommt er dem von urinierten Ausdünstungen befallenen Stahl so nahe, dass die oberen Schneidezähne angeekelt aus seinem Mund ploppen könnten, seine Zunge daran festkleben könnte, sein Gaumen sich darumwickeln könnte. Dazu es schaut aus, als ob wie in China ein Bär in einem Kerker stecke, der zehn Wochen nicht gereinigt wurde. Der Mann kann nur dann herauskommen, wenn irgendjemand sich seiner erbarmt und fünfzig Pfennig in den Schließautomaten wirft; denn Morpheus sich in den Toilettensmog begeben, hahaha, das ist mehr als fraglich.

***

Sein Gepäck aus dem Fach geholt – wobei Mike feststellte, dass die richtige Zahl in seinem Kopf steckengeblieben war – er geht auf den Bahnsteig. Dort angekommen – nein, nicht angekommen, wieder zurück, der Abfahrtsbahnsteig wurde verlegt. Auch was einen Gepäckwagen betrifft: Nur eine Treppe führt hinüber. Infolgedessen Treppe wieder hinunterlaufen und zum anderen Bahnsteig hinüberbuckeln.

Dort nichts steht da von einem Zug nach Großgarten. Er beschließt, einen vorbeigehenden Bahnarbeiter zu fragen: "Entschuldiung, der Zug nach Großgarten soll von hier fahren. Stimmdas?"

"Waaas?", fragt ihn der Bahnhofsarbeiter. Dabei grinst er wissend und herablassend.

Aha, registriert Mike, *das Besoffenenimage hat wieder mal zugeschlagen.*

Doch er wiederholt seine Frage.

"Wird schon so sein", bekommt er darauf in gedehnter Form zu hören.

Mike er ist nun so klug als wie zuvor, beschließt darum, den nächsten Schaffner zu fragen. Er schaut sich um – *Sieht wie ausgestorben hier aus. Fehlt nur noch, dass die Bahnsteige hochgeklappt werden.*

Er kann nur noch darauf hoffen, dass er an der richtigen Stelle ist. Setzt sich deswegen nicht irgendwohin, sondern schlendert wachsam durch die Gegend.

***

Eine halbe Stunde vor der geplanten Abfahrt sie wird angeschrieben mit Kreide an eine auf dem Bahnsteiganfang stehende Tafel. Mike er bemerkt es. Außerdem sind inzwischen noch andere Fahrgäste gekommen, welche ihm dadurch, dass sie danach fragten, zeigten, dass sie auch in die Richtung wollen. Mike er entschließt sich, einen größeren Rundgang zu machen.

Unbehagen. Es bemächtigt sich seiner, der Schrecken ist nicht mehr weit entfernt, das Rumoren im Bauch wird wieder stärker. Er am Anfang einer Halle ist er, von der ... ja, von der er nichts gewusst hat, wo Fahrpläne aufgehängt sind und mindestens ein Ausgang zur Straße existiert.

Wenn Jacqueline gerade zu dem Zeitpunkt hier hereinkam, dämmert es ihm, *als ich mich gerade in der anderen aufhielt, haben wir uns verfehlt. Scheiße! Damit hätte ich es ja wieder vermasselt! Bliebe nur die Notlüge, dass ich pissen war!*

***

Pünktlich fährt der Zug ab. Mike muss drinnen noch 42 DM nachbezahlen, legt sich dann auf einen Sitz und macht ein Erholungsnickerchen. Zwar hat er einen Nebenmann im Abteil, welcher schnauft wie ein von Schmerzen gepeinigtes Walross und dazu noch einen "gutriechenden" Bierdunst verbreitet, aber Mike stellt einfach seine Hör und Geruchssensoren ab und schläft traumlos.

***

Gegen zwei Uhr. Er wird geweckt von seiner eigens dafür eingestellten Armbanduhr. Mühsam Mike schraubt seine Lider empor und darf erkennen, noch jemand ist zugestiegen.

Gar nicht mitbekommen – ach ja, stimmt ja, die Sensoren waren ja abgestellt.

Mike geht sich frischmachen.

***

2.23 Uhr. Großgarten. Wird das der Ort, der seine Sehnsucht erfüllt? Seine eminenteste? Wird das der Ort, der eine der größten Enttäuschungen in seinem Leben in sich verbirgt? Noch? Er begibt sich sofort zum Telefon.

Und wieder wer ihm da antwortet, der Anrufbeantworter, sonst niemand. Mike kann dessen Stimme bald nicht mehr hören. Doch trotzdem: "Jacqueline, wennde da bist, mele dich. Ich bin jetzt hier in Großgarten un steh aufem Bahnhof. Unich werjetzu dir komm", spricht er mit grollendem Unterton hinein nach dem Fiepton. Dann tritt er in die Nacht.

***

Von einem Taxi wird er am Eingang eines Krankenhauskomplexes abgesetzt. Nur muss er jetzt – im Dunkeln – das Haus II darin finden. Denn auch der Taxifahrer konnte ihm nicht sagen, wo es sich befindet.

Das erste Haus: "Möbius – Mitglied vom Rat der Stadt".

Das ist es also noch nicht, muss Mike bemerken. Und aus dem Bett klingeln – es ist dreiviertel drei –, um nach dem Weg zu fragen: *Nee, das wäre nicht so richtig gut.* Aber sein Gepäck das lässt er vor der Haustür stehen, weil es ihm ziemlich lästig ist, ihn in seiner Bewegung einschränkt; nur die Blumen, die nimmt er mit.

Am nächsten Haus sind Klingeln angebracht. *Na gut, sie waren es mal.* Darum er versucht, sich anders bemerkbar zu machen, wummert gegen die Tür.

Schritte er hört sie, einen Schatten er sieht ihn zwei Stöcke weiter oben durch das Rondell kreisen. Aber diese Schritte sie werden leiser, leiser, noch leiser, entfernen sich, verschwinden, der Schatten er löst sich auf, rinnt hinweg, verliert sich irgendwohin, die Stille der Nacht hat wieder die Macht über die hiesige Gegend; die Stille der Nacht.

Es muss aber jemand hier sein, denn ein Blick durch die Scheibe vorhin sagte mir, dass ich hier vor der Abteilung für Frühgeburten stehe.

Noch einmal er versucht es noch einmal. Doch die Nacht sie hält weiterhin die Station in ihrer Macht, eisern ihren Griff um das hier, sodass er sich einsam vorkommt wie auf der dunklen Pier.

Vielleicht bin ich am Hintereingang, versucht er eine Erklärung zu finden.

Doch das Umrunden des Gebäudes auch das bringt ihn nicht weiter. Deshalb zu den anderen Häusern das erscheint ihm gescheiter.

Aber auch da die Totenstille bleibt erhalten. Deswegen jetzt zu dem Haus, das er schon vorhin entdeckt hatte, wo Licht brannte, das er aber als letzte Möglichkeit belassen wollte, weil dort eine Treppe hinunterführt, bei der er sich nirgends festhalten kann. Jetzt aber es muss sein.

Er nimmt die Treppe betont vorsichtig, denn: *Mach ich hier den Abgang, habe ich Zeit, bis mindestens zum Morgengrauen zu verbluten.*

Zwar läuft er sonst die Treppen auch freihändig hinunter, hat da aber meistens ein Geländer neben sich, was ihm Sicherheit gibt, denn dann kann er im Notfall schnell zufassen.

Die Treppe sie ist bewältigt, er findet: Gut ist das, wenn sein Selbstbewusstsein ein bisschen aufpoliert wird. Und läuft eine Spur aufrechter.

Wohnhaus I. Suchend lässt er seinen Blick umherschweifen, denn das Haus II es kann nicht mehr weit entfernt sein. Doch er sieht es nicht, noch, und deshalb er studiert erst einmal die Namen der hier Einquartierten.

Drei Eingänge hat das Haus, doch den Namen Niebaum er kann ihn nicht finden. Plötzlich die Nummern über den Eingängen sie torkeln in sein Blickfeld, verschwimmen, wollen wieder ausreißen, bleiben dann doch stehen: 1a, 1b, 1c. Nicht 1, 2, 3, wie er angenommen – gehofft hat. Er muss also weiter, noch weiter, weiter weiter.

Strukturlos, einfach so, aufs Geratewohl einen Schritt vor den anderen setzend, immer der Nase nach, weiter; plötzlich rücken die Schatten auseinander wie für Hänsel und Gretel, als sie des Hexenhauses ansichtig wurden, und Ausblick gewähren sie auf einen asphaltierten Platz. Auf eine große Anzahl Postfächer. Auf ein großes dunkles Haus dahinter. Und Aufregung sie erfasst ihn jetzt, sein Bauch der rumort wieder, seine Zunge sie wird trocken.

Er nähert sich. Vorsichtig. Er schaut, ob ihr Postfach dabei ist – das schon einige Briefe von ihm in seinem Bauch hatte – und da, da ist es. Er entdeckt es. Er begrüßt es. Er liebt es. Ja, das muss es sein, das Haus, sein Ziel, sein Wunsch. Vor dem Haus ein Schild: Haus II. *Endlich!*

Doch – kann er jetzt zufrieden sein? Kann er gelöst sein? Kann er glücklich sein?

Ja, er kann es, er kann stolz darüber sein, dass er es geschafft hat. – Doch wiederum ... nein, denn weswegen ist er hier? Trotz rückt nun in ihn, Trotz, den er brauchen wird, Trotz, der ihn beschützen wird. Vor wem? Vor Jacqueline? Vor sich selbst? Vor ... Er ist sich mit einem Mal sicher, dass sie sich nicht verfehlt haben. Und darum ... Doch erst muss er sein Gepäck holen.

***

Nach einer Weile ist er zurück. Beinahe verlaufen, ja, wie immer, wiedermal, er wusste schon gar nicht mehr, wo er sich aufhält; Doch sein Gepäck fand er trotzdem, rein zufällig. Und zurück fand er auch, trotzdem, rein zufällig. Doch noch einmal den Weg lang ... *Muss nicht sein!*

Nachdem er auf die vor dem Gebäude stehende Bank sein Gepäck abgestellt hat, sucht er am Eingang eine Klingel. Findet auch eine, drückt sie – mehrmals. Kein Piepen ertönt, kein anderes Geräusch, auch das nicht. Nur der Wind rauscht ganz sanft in den Bäumen.

Ist sie kaputt? Oder ist sie so gelegt, dass man hier draußen nichts von ihr vernimmt?

Noch einmal er versucht es.

Eine Wasserleitung sie ist zu hören, Konkurrenz dem Geräusch des Windes sie beginnt sie zu machen, die Klingel aber sie bleibt stumm, auch jetzt.

Mike wummert gegen die Tür.

Wie vorhin bei der Frühgeburtenabteilung auch hier keine Reaktion. Unbarmherzig der Griff der Nacht; Mike hat sie noch nie so erlebt, die Stille eine unsichtbare Wand; sie scheint zu stehen fest und starr im Raum.

Mike er könnte sich durch Schreien Aufmerksamkeit verschaffen, das verkneift er sich aber; denn wer öffnet schon einem Besoffenen die Tür, auch wenn man ein Krankenhaus ist?

Er geht zur Bank zurück.

***

Dort bei Zigarette er gerät ins Grübeln: *Eigentlich dachte ich ja, Jacqueline würde in einer Studentenbude wohnen. Dass es ein Wohnheim ist, kommt doch übelst überraschend. Aber letzt-*

119

endlich egal: Auch hiervor werde ich übernach-
ten und sehen, was der Morgen bringt. Hoffent-
lich was Positives.

Er zieht sich die Schuhe und seine Lederjacke
aus, hüllt sich in seinen Schlafsack und versucht zu
schlafen. Ein letzter Blick auf seine Uhr: Es ist 4.15
Uhr. Und ... schon lange nicht mehr hat er im Frei-
en übernachtet, schon sechs, sieben Jahre nicht
mehr. Auch hofft er, dass das Wetter so bleibt wie
jetzt. Denn zur Zeit der Himmel ist verhangen,
schwarze Wolkenfetzen schreiten gemächlich über
das Firmament, doch es regnet nicht.

***

Dämmerung, ihre Kälte, er ist wach, döst nur
noch. Gleichzeitig, er versucht es, noch mehr
Einigeln in den Schlafsack, um ihr zu entfliehen.

Plötzlich Schritte, die näher kommen. Er hat
aber seinen Schlafsack bis über den Kopf gezogen und verspürt keine Lust, sich daraus zu lösen. Der- oder diejenige wird ihn schon anspre-
chen, wenn er/sie etwas will. Aber die Schritte
sie tapsen weiter. Dann eine Tür sie öffnet sich;
klappt wieder zu; erneut Stille auf dem Platz.

Aber Mike er hält es nun nicht mehr aus auf der Bank. Er hat sich hochgeschält, um Gymnastik zu treiben, und anschließend sich wieder hingesetzt, um sich einen Kaugummi in den Mund zu schieben, der seine Wangenmuskeln reanimieren soll. Denn dann spricht er besser, nicht gar so lallend, dass man meinen könnte, man habe es mit einem soeben aus der Klapper ausgerissenen Besoffenen zu tun.

Da drei junge Damen sie streben zum Hauseingang. Schauen ihn kurz an, wodurch er angehalten ist, ein "Guten Morgen" ertönen zu lassen. Sie erwidern den Gruß zwar, verschwinden danach alle drei im Haus aber. Mike Einsicht: Hier ist man nicht so neugierig wie gehofft.

***

6.00 Uhr. Mike er geht zur Eingangstür, versucht dort, sich bemerkbar zu machen.

Nach einer Weile kommt jemand, die Putzfrau scheinbar: "Ja, bitte?"

"Gudden Morgen! Isuche eine Jacqueline Niebaum. KönnSiemir sagen, ob dieda ist?"

"Tut mir leid, aber ich weiß es nicht. Ich kann höchstens mal nachgucken."

"Das wär nett, danke!"

Während sie nachschaut, muss Mike feststellen, dass lächeln hier ziemlich rar ist. Scheinbar. Denn die Drei vorhin da war schon nichts zu sehen davon, und bei der Putzfrau das Gleiche. Allerdings zu Hause sehen die Putzfrauen ganz anders aus. Nicht so schlicht gesagt schön. Doch die Frisur, die die hier ihr eigen nennt, die … jede von den Drei vorhin nannte sie ihr eigen, die hier wohl fast jede ihr eigen nennt – fransige lange Haare, anziehend, ja; doch alle damit, nein, langweilig, bieder, wie eine Uniform.

Die Putzfrau sie kommt zurück: "Nein, sie ist nicht da."

Jetzt erzählt ihr Mike davon, dass sie gestern in Chemnitz verabredet waren, Jacqueline aber nicht kam. "Nu könntsja sein, dass ihr irgendwas passiert is. Und das willch eben rauskriegen. Wo kamman das erfahrn?"

Sie überlegt kurz. Dann: "Am besten vorn in der Buchhaltung." Und erklärt ihm den Weg.

Mike er bedankt sich und geht los. Allerdings er wird bei entsprechender Gelegenheit noch einmal nachfragen müssen.

***

Diese Gelegenheit sie bietet sich ihm in Höhe der Frühgeburtenstation. Eine ... eine ... exquisit anmutige Schwester sie kommt ihm entgegen.

Er spricht sie an. Dabei das erste Lächeln heute er erntet es.

Doch Mike ist sich keinesfalls sicher, ob er diese Zentrale auch nach ihrem Erklären finden wird. Deswegen fragt er sie, ob sie ihn hinbringe könne.

"Ich habe Nachtschicht gehabt, will ins Bett, muss dazu in die andere Richtung", weist sie ihn aber ab.

Mike überlegt schon, ob er ihr Hilfe, sie ins Bett zu bringen, anbieten solle, lässt das aber in seiner anzüglichen, makabren Kiste stecken. Stattdessen macht er sich bedauernd auf den Weg.

***

Wieder zurück bei seinem Gepäck. Zur Zentrale fand er sogleich problemlos. Wo man ihm er-

123

zählte, dass nichts über einen eventuellen Unfall bekannt sei. Ihm kam es aber so vor, als wenn es leuchtet in den Augen der dortigen Schwestern, ein inneres Leuchten, ein verstecktes Lachen, darüber, dass er versetzt worden ist. Und ... sie haben Recht. Jacqueline hat ihn auf dem Bahnhof in Chemnitz einfach stehen lassen, bestellt und nicht abgeholt. Wut steigt in ihm auf, er glaubt, wenn sie jetzt vor ihn träte, er würde ausrasten. Er hat sich sogar schon Gedanken darüber gemacht, ob er zu ihr nach Hause fahre, denn er nimmt an, dass sie sich dorthin verkrochen hat. Aber – nein! Dieser Gedanke ist ihm zu absurd. Denn erstens: Wer sagt ihm, dass sie wirklich dort ist? Und zweitens: Wir sind doch nicht mehr im Mittelalter, wo man die Eltern becircen musste, um an die Tochter heranzukommen. Entweder die Tochter will Mike, oder ... wie sagte AC/DC? "Highway to Hell".

"Ich haeben Pech ghabt." Lakonie, Phrasen dreschen hilft immer.

Er verabschiedet sich von der Putzfrau – welche jetzt freundlich ist und ihm den Rat gibt, sich von Jacqueline zu lösen, sie sei ihn nicht

wert –, gibt ihr die Blumen, auf dass die Putzfrau diese an Jacqueline ihre Tür hängt und
schickt sich an, zum Bahnhof zu laufen, wobei
ihm das jetzt sonnige Wetter wie eine Verhöhnung vorkommt; denn in ihm ist nicht der
kleinste lichte Streifen zu entdecken.

***

Eineinhalb Stunden sehr strapaziösen Laufens.
Er erreicht den Bahnhof, stellt fest, dass in
zwanzig Minuten ein Zug nach Dresden fährt, er
sich nur noch eine Fahrkarte kaufen muss, um
dann den Rückzug anzutreten.

Dienstag. Ein Brief. Von Jacqueline. Sie schreibt,
dass sie um 17.40 Uhr in Chemnitz am Bahnsteig gewesen sei. Sie hatte gedacht, er habe sich
geändert, doch sei er immer noch eine Aus-
geburt der Unzuverlässigkeit; erst auf ihrem Anrufbeantworter hätte sie gehört, dass Mike gleich
in die Mitropa gegangen sei; deshalb habe sie
sich am Freitag volllaufen lassen; seine Chance
hätte er damit verspielt, sie wolle von ihm nichts
mehr wissen. Und sie teilt ihm noch mit, dass sie

am Sonnabend einen neuen Freund kennengelernt hatte.

Kopfschütteln, etwas anderes kann sich Mike
nicht mehr abringen. Und ... ihm wird klar, auf
einmal, seine Chance – Hat sie überhaupt jemals
bestanden? Richtig bestanden? Vielleicht. Doch
von dem Augenblick an, als Jacqueline ihn die
Straße entlang trotten sah, war sie dahin. Auf
alle Fälle. Denn für ihr Image ... für das wäre
es ... wäre es überaus schädlich gewesen, wenn
sie mit einem Krüppel zusammengeblieben
wäre. Wie war das gleich? Sie hatte ihm doch am
Telefon gesagt, dass er keine Chance gehabt hätte, wenn sie sich nicht kennen würden. Aber ...
kennen sie sich wirklich noch? Kennen sie sich
überhaupt noch? Sie ist nicht mehr die Jacqueline, die er mal liebte. Und nur die äußere Hülle
die reicht ihm nicht. Nicht mehr. Aber er ist
auch nicht mehr der Mike, der in längst vergangenen Zeiten in ihrem Herzen herumspukte.
Obwohl er es gern wäre. Nach wie vor. Infolgedessen sie müssten sich erst neu kennenlernen;
womit der Teufelskreis wieder geschlossen ist.
Karikatur: Jacqueline hält Mike waagerecht in

den Händen und zerbricht gerade sein Rückgrat, während sie "Endlich!" schreit.

Aber ... das waren wirklich die Gründe? Waren ... waren nicht vielmehr andere Punkte entscheidend dafür, dass daraus nichts wurde? Punkte, die er selbst zwischen sich und Jacqueline geworfen hatte? Die dermaßen eiskalt waren, dass sie sofort eine Rutschbahn bildeten, auf der man einfach stürzen musste? Was war denn mit der eben in diesem Moment fehlenden Spontanität? Und das ständige Berühren Wollen-Müssen-Tun, musste das wirklich sein? Sein Kopf der hatte doch ständig geschrien: "Lass deine Finger von ihr!" Warum hatte er das nicht befolgt? Und wenn sie dagegen aufbegehrte, auch noch hypersensiblisiert sein. "Ja", schreit es wieder in ihm mit beeindruckender Stärke bei dieser plötzlichen Implikation, "das sind die Gründe!" Doch muss man deswegen jemanden gleich so versetzen? Und der von ihr am Telefon abgesetzte Spruch war ja auch dermaßen niederschmetternd und in einem jedes positive Gefühl absterben lassend; obwohl er hat gleichzeitig so unendlich viel ausgesagt, man konnte eigentlich

gar nicht seine Augen davor verschließen. –
"Eine Frau mag es nicht, wenn man sich so ab-
grundtief vor ihr erniedrigt!" **Richtig!** Denn
Frauen wollen einen starken Mann, hinter dem
sie sich verstecken können, und nicht so ein
Weichei, als das er sich ihr präsentiert hatte. Seine Durchsetzungskraft wäre vonnöten gewesen,
seine Überzeugungskraft! Aber wo war seine Di-
rektheit hin, seine sprichwörtliche Frechheit?
Normalerweise sagt er doch immer, was er
denkt; diesmal jedoch aus dem Grübeln kam er
nicht mehr heraus, bloß kein Risiko eingehen, ja
nichts verkehrt machen, ja nichts dem Zufall
überlassen. Das wollte er. Doch der Mensch ist
nun mal dazu da, Fehler zu begehen. Und wer
nichts wagt, nichts gewinnt. Er hat nichts ge-
wagt, musste deshalb alles verlieren, konnte
nichts gewinnen. Was hatte Jacqueline in ihrem
ersten Brief nach ihrem Flüchten behauptet?
"Mir erschien es oft so, als wenn Du jemanden
zum Stützen bräuchtest, derweil habe ich das
dringend nötig." Warum hatte er früher eigentlich so viele Chancen bei Frauen gehabt? Sein
Aussehen ... an dem kann es nun wirklich nicht

gelegen haben; es wurde zwar oft gesagt, er sähe gut aus, aber so stark herzzerbrechend dürfte es dennoch nicht gewesen sein, schon allein deshalb, weil er klapperdürre war. Und dass er gut tanzen konnte, dürfte nur der Minianteil gewesen sein. War es nicht vielmehr seine Ausstrahlung, sein "Cool-Sein", das Sich-Auf-Ihn-Verlassen-Können? Also: Drei, vier, fünf ... viele Schritte zurück und dann einen neuen Weg aus dem tiefschwarzen Labyrinth suchen, der diesmal jedoch nicht mit Jacqueline gepflastert ist.

Mike sagte Jacqueline noch auf den Anrufbeantworter, dass sie feige sei. So feige, dass sie sich vor ihm, vor einer Rechtfertigung ihm gegenüber verstecken muss. Schon damals, als sie ihn das erste Mal verließ, hatte sie die Trennung vollzogen, ohne dass er sich wehren konnte, denn er war ja bei der Armee, runde 500 km entfernt. Und jetzt er konnte sich wieder nicht wehren. Vor vollendete Tatsachen stellt sie ihn immer wieder und dann ... dann klammheimlich sich aus dem Staub machen; es könnte ja unangenehm werden, was der andere deswegen ausheckt.

Mike er ist ihr trotzdem dankbar, sehr, sein Dank wird sie für immer verfolgen. Erleichtert fühlt er sich, befreit von der Last, an ihrer Trennung schuldig gewesen zu sein, denn die ist nun zum größten Teil von seinen Schultern genommen. Erst war es so, Jacqueline hätte er jeder Frau vorgezogen, jetzt umgedreht. (*Wirklich??*) Seine Gefühle sind wieder frei, er ist wieder frei, frei wie ein Vogel, welcher irgendwohin fliegt, sich aber über das Ziel noch nicht im Klaren ist. Seine Gefühlswelt wird nicht mehr von ihr beherrscht. Denn diese Jacqueline, an die er sich erinnert und die er sich erträumte, die gibt es nicht mehr. Sie musste ihn erst versetzen, damit ihm das klar wurde. Doch jetzt ... jetzt weiß er es.

Ende ohne Beifall, Schluss ohne Dank, Vorhang zu; Platz da, es wird Platz gemacht, Platz da für die wirkliche Welt ...

Krüppelmemoiren 1-3

Autobiographie

von Mike Scholz

Sommer 1990, während der Wendezeit. Das Schicksal schreitet voran ... Ein junger Mann wird auf der Autobahn verunfallt. Schwer verunfallt. Und – alles ändert sich nun für ihn: Er ist nicht mehr der Strahlemann, der versucht, immer im Mittelpunkt zu stehen, er ist jetzt ins Abseits gestoßen. Alle seine „Freunde" haben ihn verlassen, seine Freundin hat ihn verlassen, seine Eltern haben ihn verlassen – er ist isoliert. Von den Ärzten erhält er eine vernichtende Prognose. War es das? Nun merkt er zum ersten Mal, dass man als „Krüppel" andauernd belogen wird, nicht mehr für voll genommen wird.

Trotzdem: Er will sich durchbeißen, es allen zeigen, wieder hochkommen. Aber wie? Mit unbändigem Hass, Hass auf alles und jeden? Mit niemanden mehr störender Ironie? Mit gespieltem Zynismus? Jede Unterstützung, um die er heischt, wird ihm verwehrt. Während seiner Krankenhauszeit, die lange, sehr lange dauert, und auch, als er wieder im Alltag steckt. Oder er muss hart ringen um sie. Oder – muss er es doch nicht? Stehen ihm alle Wege offen, er erkennt es nur nicht? Wird er wieder ins Licht treten? Und was wird aus seinem Hass? Wird er ihn überwinden?

Ver... ?

von Mike Scholz

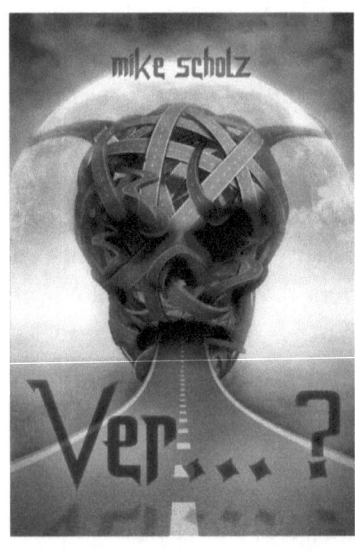

Ist der Ruf erst einmal ruiniert, lebt es sich ganz ungeniert!
Er fährt ins Ausland. In den Urlaub. Irgendwohin. Irgendwann. Oder er fährt nicht. Trotzdem erlebt er was. Jemand. Aber: Er kann es nicht lassen. Es muss sein. Muss! Muss! Muss! Wirklich? So könnte es sein. Aber so muss es nicht gewesen sein. Oder vielleicht doch? Entscheide selbst!

19 Kurzgeschichten - Liebe, politische Fantasie, Horror, Weltgeschichte

Zeitfracht Medien GmbH
Ferdinand-Jühlke-Straße 7
99095 Erfurt, Deutschland
produktsicherheit@kolibri360.de